밤의 망루

밤의 망루

배이유 소설

알렙

그렇지만 가만히 들여다보면

나비나 꽃, 개미의 움직임처럼 미세한 변화를 품으며

거대한 물줄기 안으로 흘러들 것이다.

이것은

먼지의 파문 혹은

나비의 날갯짓 한 번의 팔랑거림.

옛날 옛적, 새 한 마리가 있었습니다. 오 하느님.

──클라리시 리스펙토르*

---

* 메리 루플의 「나의 사유 재산」 「읽어주세요」에서

차례

검은 붓꽃

레드 칸나보다 검은 붓꽃에 더 눈길이 간다. 레드 칸나는 오렌지와 자줏빛의 붉은 꽃잎이 겹겹이 속살을 드러내며 도발적인 생명력을 보여주지만, 검은 붓꽃에서는 생명력이 느껴지지 않는다. 그림 가운데 검은 동굴 같은 암술 주위로 짙은 잿빛의 꽃잎이 벌어진 입술처럼 감싸여 있다. 손가락 하나를 캄캄한 동굴 속으로 찔러 넣듯 갖다 댄다. 손가락에 검은 재가 묻어날 것만 같다. 레드 칸나처럼 화려하진 않지만 기괴하면서도 차갑고 정결하다. 꽃잎의 속살은 은밀하게 감추어진 여자의 성기와 닮았다. 검은 붓꽃은 얼마 전에 본 나의 '거기'와 닮았다. 마음먹고 들여다본 나의 그곳은 신비롭기는커녕 생명력을 상실한 채 황량한 낯빛을 하고 있었다. 그곳, 성기, 음부, 버자이너. 버자이너의 원래 뜻은 칼을 넣어두던 칼집이라 했던가? 씁쓸한 기운이 입안에 감돌며 통조림 속의 과일처럼 밀폐된 내 처녀성을 생각한다.

방바닥에 거울을 놓고 흰머리를 뽑다 문득, 정말 문득 이런 생각이 들었다. '거기'는 어떤 얼굴을 하고 있을까? 거울을 내려놓고 일어나 조심스럽게 팬티를 벗었다. 그러고는 변기에 쭈그려 앉은 자세로 거울을 한가운데 두고 앉았다. 깊은 산속의 물가에 수줍게 핀 물봉선을 떠올렸다. 그러나 거울을 들여다본 순간 망치가 머릿속을 땅 하고 때렸다. 기대했던 모습이 아니었다. 그것은 생기 없는 암적색의 일그러진 입술 모양을 하고서 거울 속에서 뜨악하게 바라보고 있었다. 오랜 세월 숨어 있다 어쩔 수 없이 바깥 세계에 드러난 자의 불안과 불만과 체념이 섞인 묘한 얼굴을 하고 있었다.

깊숙이 감춰진 성기를 드러내어 똑바로 바라보긴 처음이었다. 눈으로 보이는 부분만 봐왔지 다리 사이에 가려진 곳은 살아오면서 한 번도 마주 본 적이 없었기에 거울을 본 순간 당황스러웠다. 이런 얼굴로 초라하게 숨어 있었구나, 얘도 음지에서 이렇게 늙어가고 있구나, 뒤통수를 맞는 기분이었다. 한때 검푸르게 윤기가 나던 숲은 시들어 빛을 잃었고, 실밥이 묻은 것처럼 하얀 터럭도 몇 올 삐죽이 돋아 있었다. '거기', 숨어 있는 입은 뭔가 할 말을 품고 있는 듯했다.

오키프의 도록을 덮으며 검은 붓꽃의 영상을 털어낸다. 나는 창쪽으로 눈길을 준다. 전면창 가까이에 앉아 있는 한 남자는 테이블 위에 몇 개의 도록을 잔뜩 쌓아두고 있다. 천장이 높아서 남자의 책장 넘어가는 소리가 사락사락 울린다. 오늘 자료실 방문자는 아직까지 저 남자 하나뿐이다. 서가에 기대 휴대폰을 만지작거리고 있는 인턴 도우미를 불러 복사 자료를 넘긴다. 자료를 들고 걸어가는 그녀의 발걸음이 오늘따라 맥이 빠져 보인다. 왜 그렇게 힘이 없어? 남자친구와 싸우기라도 했니? 나는 소리를 낮춰 그녀에게 묻는다. 그녀는 웃으며 고개를 살래살래 흔드는데 별로 말하고 싶지 않은 표정이다. 나는 의자를 데스크 앞으로 바짝 끌어당긴다. 마우스를 움직여 새로 나온 예술 서적들을 검색한다. 일 년 전에 구립도서관에서 이곳, 시립미술관 자료실로 발령을 받았다. 처음엔 여기로 발령이 떨어졌을 때 많은 기대로 설렜다. 미술관에서 일한다는 건 그만큼 내 품위를 높이는 일이라 믿었다. 그러나 얼마 지나지 않아 그런 생각이 허영심에 지나지 않는다는 걸 알았다. 자료실의 잠긴 문을 열고 들어설 때마다 이곳은 세사(世事) 욕망이 휘발된 밍밍한 물속 같다고 생각했다. 문을 닫고 서가의 무거운 책들을 뽑아 들 때면 물속에 잠겨버린 마을처럼, 바깥세상과는 끊긴, 억눌린 무언가가 고요하고 낮게 가라앉아 있다고 느꼈다. 때로 동네 도서관의, 아이들이 부산스럽게 왔다 갔다 하며 내는 소음이나 사소한 질문들이 그리워지기까지 했다.

도우미는 홀 중앙의 원형 기둥 아래에서 복사기에 종이를 갈아 끼우고 있다. 그녀는 6개월로 근무기한이 정해진 취업연수생이다. 스물두 살 한창 나이인데도 이 공간이 그녀의 활기를 앗아가는지 창백해 보인다. 두 달 전에 그녀를 처음 봤을 때와는 사뭇 다르다. 새 직장에 대한 기대와 진행 중인 연애에 대한 자신감 때문인지 그녀에게서 싱그러운 탄력을 느낄 수 있었다. 폰을 받을 때 표 나게 기쁨을 드러내지 않으려는 은근한 미소나 단정하게 뒤로 묶은 긴 머리를 만지작거리며 수줍은 듯 조곤조곤 속삭이는 그녀의 분위기가 열애 중임을 말해주었다. 하긴 그녀가 여기서 하는 일이란 게 젊음을 묶어둘 만큼 의욕적인 일은 아니다. 신문이나 잡지에서 미술에 관한 기사를 오려두거나 파일에 자료를 모으거나 흐트러진 책들을 가지런히 정리하는 게 주된 일이었다. 단조로운 일이었다.

컴퓨터에서 눈을 들어 창 쪽을 보니 책에 몰두하고 있는 남자가 자연스럽게 눈에 걸려든다. 남자가 무얼 보고 있는지 보지 않고도 알아맞힐 수 있을 것 같다. 아마도 공원 벤치에 하릴없이 앉아 있다 호기심에 발을 떼어 바로 곁에 있는 미술관으로 들어왔을 것이다. 이곳에는 미술에 관계된 책자 외에도 영화, 사진, 건축 등 예술 전반에 걸쳐, 구하기 어려운 고가의 자료들이 많기 때문에 대개 미술을 전공하는 학생들이나 예술 분야의 자료를 구하기 위해 오는 전문 연구자들이 많다. 그중에는 이곳을 고정적으로 이용하는 눈에 익은 사람도 있다.

이용자의 희망도서를 참고해 학예사에게 건넬 신간도서 구입목록을 만든다. A4 한 장으로 마무리 짓고 컴퓨터 앞에서 일어난다. 데스크 위의 도록을 들고 오른편 서가 쪽으로 간다. 알파벳 O 칸에 오키프의 묵직한 도록을 집어넣고는 일부러 전면창 가까이 남자가 앉아 있는 테이블을 돌아 예술-회화 코너로 간다. 남자의 테이블에서 두어 걸음 떨어져 흘깃 남자가 펼친 도록을 훔쳐본다. 아니나 다를까 도발적 포즈를 취한 여인의 누드화다. 벌린 두 다리 사이로 치모가 보인다. '아주 진지한 연구자의 자세군. 남자들이란……' 나는 일부러 인기척을 낸다. 남자는 슬그머니 다른 페이지로 넘기며 짐짓 딴청을 부린다. 나만이 알 수 있도록 표시해 놓은 여성 예술가란에서 조지아 오키프의 예술과 생애에 관한 책을 빼든다. 확실히 나는 어딘가가 꼬여 있다. 저렇게 숨김없는 남자의 욕망을 보면 찬물을 끼얹고 싶어진다.

'나는 마음에 드는 꽃이 있으면 꽃을 꺾었고, 조개껍데기, 돌멩이, 그리고 나무조각을 모았다. (……) 그리고 해변가에 흰 뼈가 있으면 집으로 가져갔다. (……) 나는 이런 것들을 가지고 광활한 이 세계의 경탄스러움을 표현하려고 애썼다.' 오키프의 생애에 관한 책을 읽으며 이 글귀를 여러 번 읽었다. 마음에 드는 꽃이 있으면 꽃을 꺾었고…… 평범한 얘기 같지만 내가 느낀 대로, 직관에 충실하고 솔직하게 산다는 건 이미 오십 년 넘게 살아왔지만 쉽지 않은 일이었다. 자신의 감정을 그대로 드러낸다는 건 어리석은 일이고, 수치스러우며, 무엇보다도 두려웠다. 내가 쳐놓은 감정의 덫에 걸려 헤어나지 못할 거라고 지레 겁을 먹고는 물러났다. 꽃을 꺾어 창가로 가져오기보다 차라리 꽃에 대한 그리움을 내 안에 갈무리하여 상상하고 감상하는 쪽을 택했다. 그쪽이 안전했다. 두려움을 담보로 타인과 아슬아슬하게 곡예를 하고 싶지 않았다. 특히 나와는 판이하게 다른 종(種)이라고 생각되는 남자라는 동물에게 더 매몰차게 문을 닫아걸었다. 내 첫인상이 차갑게 느껴지는 건 아마 그래서일 것이다.

자료실 내부는 깊은 바닷속처럼 가라앉아 있다. 나는 80년대에 대학을 다녔다. 그 당시만 해도 도서관학과는 그다지 인기 있는 학과는 아니었다. 지금은 도서문헌학과 혹은 도서정보학과로 이름이 바뀌어 전문성의 냄새가 풍기지만 그때는 '사서'라는 이미지에서 주로 안경 낀 노처녀들이 따분하게 앉아 열람카드를 끼워 넣는 풍경을 쉽게 떠올릴 수 있었다. 남의 눈에 내 모습도 이렇게 비치는 게 아닌지 걱정되었다. 활기는 없더라도 적어도 처량하게 보이고 싶지는 않았다. 그래서 지금도 청승맞게 보인다는 말을 제일 싫어한다. 그런데도 친구, 숙은 모처럼 내게 전화를 해서, '혼자 청승 떨지 말고'를 강조하며 볕 좋은 날 바깥에서 한번 만나자고 했었다. 벽에 걸린 시계를 보니 벌써 2시가 넘었다. 엄마한테 전화를 해볼까 하다 그만두기로 한다. 점심은 챙겨 먹었는지, 집에 갈 때 장을 보고 가야 할지 물어보고 싶었지만 전화기에 대고 소리를 질러야 하는 게 부담이 되었다.

하얀 블라인드가 젖혀진 통유리창으로 공원이 내려다보인다. 광장 주위로 나무와 조각상들이 보기 좋게 어우러져 미술관을 더 운치 있게 만들어주었다. 햇빛이 반사되는 광장은 텅 비어 있다. 적요하다. 그래도 휴일이면 마당을 둥그렇게 돌며 보드나 자전거를 타는 아이들과 소풍 나온 가족들로 이 광장은 생동감이 넘쳤다. 대형 야외스크린이 광장에 설치 조각물처럼 서 있다. 이곳은 밤에는 연인들을 위한 야외극장이 된다. 어두운 밤에 대형 화면에서 쏘아대는 빛을 향해 딱정벌레처럼 납작하게 엎드려 있는 자동차 안에서 연인들은 뜨겁게 키스를 하거나 은밀한 사랑의 행위를 한다는 얘기를 들은 적이 있다. 낮에는 도시 속의 사원처럼 고즈넉한 장소가 밤이 되면 공개적인 그러면서도 사적인 밀회의 공간으로 탈바꿈하는 셈이다. 오래전에 남포동 상영관에서 본 영화 속의 관능적 장면들이 머릿속을 스쳐 간다. 남자의 탄력 있는 배의 굴곡을 보며 꽃잎처럼 벌어지던 여자의 입술. 나도 그 장면에서 흥분했던 것 같다. 나도 여느 연인들처럼 자연스럽게 사랑을 나누기를 갈망했다. 그러나 상상 속에서는 한없이 정열적으로 대담해지지만 현실에서는 남녀 사이의 육체적 접촉, 바디랭귀지를 믿지 않았다.

나에게 첫 키스의 추억은 감미롭기보다 오히려 혐오스러운 기억으로 남아 있다. 어쩌다가 한 공간에 같이 있었는지 지금은 기억나지 않지만 오빠의 친구이기도 한 그가 기습적으로 키스를 했다. 아찔하며 뭔가 특별한 느낌일 거라 기대했는데 그가 내 입술을 빨면서 혀를 들이밀며 깊게 들어오자 숨이 막혔다. 순간 비릿한 이물질을 뱉어내고 싶었다. 나는 감고 있던 눈을 떠 상대방의 표정을 보았다. 그는 열심히 내 혀뿌리를 핥으며 눈을 감고 키스에 몰입하고 있었다. 그를 내려다보며 그가 소처럼 들러붙어 젖을 빨아먹고 있다고 생각했다. 그때 왜 하필 송아지가 아니라 소였는지는 모르겠지만 키스라는 행위가 전혀 신비롭게 다가오지 않았다. 느낌이 이상했는지 그가 눈을 뜨고는, 내가 눈을 뻔히 뜨고 자기를 보고 있었다는 것을 알자 그는 입을 떼고 김샌다는 표정으로 불쾌하게 나를 내려다보았다. 현실은 아름답지 않았다. 영화는 언제나 그럴듯하게 포장을 잘했다.

도우미가 복사기에서 종이가 잘 빠져나오지 않는다고 기계에 이상이 있는 것 같다며 데스크 쪽으로 걸어온다. 뜬금없이 그녀에게 묻는다. 남자친구랑 자동차극장에 가본 적 있어?

벨을 눌렀지만 인기척이 없다. 대신 남녀의 말소리가 흘러나온다. 나는 키판의 번호를 누르고 문을 연다. 거실 바닥에 앉아 TV를 보고 있는 엄마는 내가 들어오는 줄도 모르고 연속극에 빠져있다. 그 소리가 엄청나게 커 귀가 왕왕 울릴 지경이다. 그녀의 어깨를 건들자 그제야 돌아보며 나를 반긴다. 엄마는 재빨리 리모컨을 들어 소리를 줄이고는 보청기를 낀다.

"소파에 앉아 편하게 보지 왜 차가운 바닥에 앉아 있어."

"나는 이게 편한데 우야노. 밥 먹어야지." 엄마는 일어나 주방 쪽으로 간다.

"엄마, 내가 할게."

"아이다, 일하고 오면 힘든데 내가 하꾸마, 집에서 별로 하는 일도 없는데." 엄마는 서둘러 가스레인지에 불을 켠다.

옷을 갈아입고 나오자 식탁에는 벌써 저녁상이 차려져 있다. 청국장찌개에 현미밥과 나물과 푸성귀가 정갈하게 올려져 있다. 엄마와 마주 보고 밥 먹을 날이 얼마나 남았을까, 초조해진다. 엄마는 7개월 전에 위암 진단을 받았다. 의사는 죽음에 이르기까지의 기간을 6개월에서 일 년으로 추정했다. 빨리 수술을 받으라는 의사의 권고가 있었지만, 이제 80이 넘었는데 살 만큼 살았다며 엄마는 수술을 거부했다. 겉으로는 그녀가 그 사실을 담담히 받아들이는 것 같았지만 두 달간은 자신의 지나간 삶을 되돌아보며 우울 속으로 가라앉았다. 그러나 정신력이 강했던 엄마는 자신을 우울증 환자로 만들지 않았다. 절대 자식들에게 짐이 되지 않겠다며 살아 있는 한 자기 몸은 자기가 돌보리라 마음먹었다. 먼저 그 좋아하던 닭고기를 비롯해 육식을 일절 끊고 항암 효과가 있는 채식 식단으로 바꾸었다. 나는 엄마가 긍정적으로 자신을 받아들이는 모습에 마음이 놓였다. 엄마는 콩 알갱이가 들어 있는 청국장을 듬뿍 떠서 밥에 비벼 먹는다. 밥 먹는 모습을 보니 저 정도만이라도 어딘가 싶어 고마운 마음이 든다. 소화불량과 어지럼증이 있긴 하지만 엄마에게 여전히 식욕이 있다는 건 살아갈 의욕이 그만큼 남아 있다는 뜻일 게다.

"엄마 속이 괜찮나? 더부룩하지 않나?"

"괘얀타. 내 밥 먹는 거 보믄 모르겠나, 늙은이가 젊은 아들처럼 소화가 너무 잘 되면 그기 비정상이지. 오늘 매장에 가서 체중을 달아봤는데 48킬로그램으로 올랐더라. 그동안 56에서 자꾸 빠지가 46킬로까지 내려갈 때는 겁나던데 암세포도 늙은이한테는 영양분이 없어가 잘 못 자라는갑다." 엄마는 밝게 웃는다.

"암을 이기려면 고기 같은 것도 먹어줘야 된대."

"고기 먹으면 속이 더 안 편한데 우야노." 엄마는 걱정하지 말라는 투로 손사래를 친다.

"거기 가면 깔끔하고 괜찮은 노인네 없어? 차도 마시고 데이트하면서 친구처럼 지내면 좋잖아."

내 말에 엄마는, 한번 그래볼까, 하더니 나에게 눈을 흘긴다.

"문디 가시나 니나 남자 만들어가 데리고 온나. 내 죽기 전 소원이다."

"엄만, 내가 싱글이니까 이렇게 엄마 옆에 껌처럼 붙어 말벗도 돼주고 외롭지 않게 해주지, 오빠나 미란이가 그래 줄 수 있을 거 같애? 괜히 성질 더러운 남자 만나 속 끓이며 사네 못 사네 하면 그게 엄마한테 불효하는 거 아니겠수."

"그래 큰 효도한다. 고맙다." 나는 엄마와 마주 보며 킬킬거린다. 엄마는 미운 년 떡 하나 더 준다는데, 옛다, 치커리 쌈 위에 버섯나물을 얹어 내 입에 넣어준다. 나는 일부러 과장되게 입을 벌려 아기처럼 쌈을 받아먹는다. 나는 심적으로 엄마한테 많이 의지하는 편이다. 한때 엄마의 24평 아파트에서 독립하고픈 생각도 있었지만 엄마와 부대끼며 사는 것도 그다지 나쁘지 않았다. 대부분 어른이 되면 결혼의 형식이 아니더라도 부모 그늘에서 벗어나고 싶어 한다는데 나에게는 그런 욕구가 강하게 일지 않았다. 엄마와의 관계를 떠나 내 안에는 더 자라지 않으려 고집을 피우는 어린 아이가 있는 게 아닐까, 의심을 하기도 했었다. 내게는 유아적 속성이 많이 남아 있었다. 젓가락질을 하고 있는 엄마의 거친 손마디가 오늘따라 유난히 눈에 크게 들어온다.

엄마는 밥을 다 먹고는 황금색 파우치팩의 끄트머리를 가위로 잘라 입을 대고 마신다. 포장껍데기에 천마(天麻)라는 한자가 멋있는 필체로 찍혀 있다.

나는 엄마에게 물었다.

"그 약 먹으니까 좋아지는 것 같수?"

"글쎄, 몸에 좋다니까 좋겠지. 이거 먹어서 그런지 몸이 더 나빠지는 것 같지는 않다. 내사 거기만 가면 재미있고 즐겁다. 어느 누가 나 같은 늙은이한테 노래도 불러주고 재미난 얘기도 해주고 즐겁게 해주겠노? 도시락 싸가지고 가서 거기 있는 사람들하고 먹으면 집에서 혼자 먹는 것보다 맛있고."

엄마가 '거기'라고 말하는 데는 '매장'을 말한다. 노인들을 모아놓고 건강보조기구를 설치해 건강을 체크해 주고 이야기보따리와 함께 물건을 파는 곳이다. 그녀는 매장에 나가 일이 아닌 단순히 재미 삼아 비슷한 연배의 사람들을 만나 이런저런 이야기도 나누고 매장 운영자의 재롱을 흔쾌히 받아들였다. 우울증에서 벗어나 생기를 찾게 된 데에는 그들의 공이 크다. 경제적 여유가 있는데도 자신을 위해서는 돈 한 푼 쓰는 것조차 몹시 꺼려하던 엄마가 자신에게 너그러워진 점은 보기에 좋았다. 엄마는 즐겨 자신의 지갑을 열어 공짜로 끼워주는 휴지 등을 전리품처럼 챙겨 당당하게 물건들을 사 들고 왔다. 오빠나 동생은 엄마가 매장에 가는 걸 내켜하지 않았다. 오빠는 흥분하며 말했다.

"거기는 순 사기꾼 집단이야, 순진한 노인네들 꼬셔가지고 제조처도 분명치 않은 엉터리 약을 비싸게 팔아먹고 있잖아. 괜히 그런 약 먹고 더 탈이 날 수도 있다구! 니가 좀 말려라."

"엄마가 어린애처럼 저렇게 즐거워하는데 난 그 기쁨을 빼앗고 싶지는 않수."

난 단호하게 그들의 의견에 반대했다. 나는 식탁 위의 빈 그릇들을 치우며 안경알을 거즈로 닦고 있는 엄마의 가죽만 남은 손을 내려다본다. 머지않은 내 미래를 보는 것 같은 착시에 빠진다. 혼자 쓸쓸하게 식탁에 앉아 모래처럼 서걱거리는 밥을 씹다가 밥알과 침을 흘리기도 하며, 무릎 관절의 움직임이 자유롭지 않아 테이블 모서리에 부딪혀 자주 넘어지기도 하며, 침침해진 눈을 비비며 돋보기를 닦고 있을 내 모습이 겹쳐지며 눈앞이 흐려진다. 문득 낮에 보았던 오키프의 검은 붓꽃이 떠오른다.

침대에 누워 있는데 다리 사이에서 속살거림이 느껴진다. 간지럽다. 나는 참지 못하고 일어나서 화장대에서 손거울을 빼들고 팬티를 내린다. 구부려 앉은 자세로 거울을 갖다 댄다. 검은 붓꽃이 거울에 모습을 드러낸다. 할 말이 많은 표정이다. 숨어 있던 입은 얼마 전 거울에 비친 자신의 모습을 처음 본 뒤로, 충격을 받은 탓인지 그때부터 뒤늦게 말문이 터진 아이처럼 아무 때나 말을 토해 내기 시작했다. 나는 불만을 달래듯 두 개의 입술을 부드럽게 만진다. 꽃잎이라고 표현하는 그곳은 메말라 있다. 메말라 있는 입술에 검은 붓꽃이라는 이름을 붙여준다. 가만히 손가락을 찔러 넣어 입술을 벌린다. 수다스러운 입은 자꾸만 말을 하고 싶어 한다. 귓불을 어루만지듯 나는 그곳의 말에 귀를 기울인다.

　　푸른빛이 문틈으로 새 들어오는 부엌이야. 한 여인이 푸른빛과 어둠에 섞여 검푸른 그림자로 보여. 여인에게선 이상한 냄새가 나. 생선 비린내인지 습기 찬 나무 밑동이 썩어가는 냄새인지 암튼 냄새가 고약해. 여인은 대야에 다리를 벌리고 앉아 있어. 여인의 손이 가볍게 움직일 때마다 물소리가 나. 뒷물하는 소리야. 부뚜막에는 때 절은 전대가 풀어져 있어. 한참 뒷물을 하더니 여인은 한숨을 쉬더구나. 그러더니 바닥에 뭉쳐둔 천을 물에 담가 흔드는 거야. 피가 밴 기저귀, 월경대를. 하얀 긴 천을 끝도 없이 흔드는구나. 여인의 머리카락에는 생선 비늘 몇 개가 반짝이고 있어. 그러다 갑자기 여인은 울겠지. 소리 죽인 울음을. 그러면서 중얼거렸어. 왜 이건 씰데없이 한 번도 빠짐없이 나와가지고선. 씰데없이…….

　　얘가 기억하고 있었구나. 아주 오래전 일을. 그녀가 들려주는 얘기 속의 검푸른 그림자는 엄마였다. 날마다 냉동된 생선 대가리를 수도 없이 내리쳤던 여인. 시큰거리는 팔목으로 도마에 칼날을 세

웠던……. 엄마는 생선 공판장에서 미처 해동되지 못한 생선의 대가리와 내장을 쉴 틈 없이 손질했다. 밤에는 팔이 아파 파스를 붙여야만 했다. 엄마한테서는 파스와 생선 비린내가 늘 배어 있었다. 그래서일까. 어머니는 생선을 싫어했다. 대개 팔고 남은 것일 테지만 자식들에게는 찌개나 구이로 즐겨 먹였으면서도 자신은 생선을 잘 입에 대지 않았다.

어릴 때 엄마 몸에서 피가 나온다는 사실에 꽤 충격을 받았다. 엄마한테 큰 병이 있다고 생각했다. 좀 더 커서는, 여느 빨래와 다르게 피를 듬뿍 먹은 월경대가 똬리를 틀고서 구석에 처박혀 있는 것을 발견하곤 엄마가 뱀처럼 허물을 벗을 때마다 피를 흘린다고 상상했다. 사춘기가 되어 처음 내 몸에서 나오는 붉은 꽃을 보면서 금기의, 신성한 제단의 여사제를 떠올렸다. 한 달에 한 번씩 생리가 시작될 때마다 허리가 끊어질 듯 아파 여자의 몸은 불편한 집이고 유리그릇처럼 돌봐야 한다고 믿었다.

나는 천천히 팬티를 끌어 올린다.

건너편 화장장 건물에서 잿빛 연기가 하늘로 올라간다. 건물 입구에는 여러 개의 화환들이 놓여 있고 상복 입은 사람들이 분주히 오가고 있다. 며칠 동안 날이 흐리고 바람이 불더니 휴관일인 오늘은 모처럼 날이 맑고 포근하다. 이곳 영락공원은 지상에 존재하는 죽은 자들의 거처지만 깨끗하게 정돈된 잔디와 묘비와 나무들이 어우러져 도시 속 산 자들의 휴식처가 되어주기도 한다. 빨간

색 자동차를 몰고 나타난 숙은 목에 매고 있는 줄무늬 스카프처럼 경쾌하다. 그녀는 여기서 멀지 않은 곳에서 유치원을 운영하고 있다. 하늘엔 유난히 큰 뭉게구름이 떠 있다. 풀밭 위로 한 줄기 바람이 지나간다. 포도 위 줄지어 서 있는 벗나무의 잎들이 가볍게 흔들린다. 보온병을 기울여 종이컵에 커피를 따라 숙에게 건넨다. 숙은 아, 좋다, 감탄사를 내뱉으며 커피를 맛있게 홀짝인다. 숙은 내 뒤 묘비석 앞에 놓인 한 묶음의 붉은 패랭이꽃을 보더니 한마디 던진다.

"곧 아버지 기일이니?"

"아니야, 이곳에 오면 그냥 마음이 편안해져. 너랑 여기서 만나는 게 두 번쨘가."

"그래, 요상한 무덤 위의 데이트. 근데 소주는 왜 빠졌노? 생전에 술 좋아하셨다며."

"술, 무척 좋아했지. 근데 이상하게 술 사기 싫더라. 그냥 요 이쁜 거 보시라고. 어릴 때 자주 무등도 태워주고 날 많이 이뻐하셨지…… 사고로 죽은 사람은 화장시키는 게 좋다고 친척들이 말했지만 엄마가 고집을 피워 무덤을 썼는데 지금 보니 엄마가 잘했다는 생각이 들어. 빚만 잔뜩 남기고 가서 우리 식구 모두 힘들었는데 말이야."

"어무이는 어떠시니?"

"다행히 더 나빠진 것 같지는 않다. 정신력이 좀 강하냐."

"그래 니네 엄마는 삶의 전장에서 살아남은 전사야, 여전사. 우리가 이 나이까지 살아보니까 더 느끼는 거지만 맨주먹으로 자식 뒷바라지하며 여자 혼자 살아간다는 거 아무나 할 수 있는 일은 아이더라. 그래서 어무이가 존경스럽다.”

“옛날 여자들 다 그리 살지 않았나? 자신의 인생은 없이.”

숙은 생각난 듯 가방에서 무언가를 꺼낸다. 손수건을 펼치니 담배 두 가치와 라이터가 나온다. 그녀는 담배 하나에 불을 붙여 무덤 앞 석상 위에 올려놓고 나머지 담배 하나를 입에 물고 불을 댕긴다. 이렇게 하늘 아래 공기 좋고 환하게 트인 데서 피고 싶었어. 오우! 맛이 각별한데, 하며 너스레를 떤다. 유치원을 하다 보니 학부모 눈치가 많이 보여. 그녀는 내게 눈을 찡긋한다.

“서방님은 잘 있고?” 숙에게 묻는다.

“그럼 여전하지. 근데 요즘 들어 더 깐깐해지고 잔소리가 많아지는 것 같애. 아이 달래듯 비위 맞춰주며 산다. 부딪쳐봐야 감정만 상하고 그게 편해.”

“…….”

“니는 언제까지 수녀처럼 살래? 인생은 한 번뿐인데.”

“뭐, 나처럼 사는 사람도 안 있겠나? 전혀 후회를 안 한다면 쫌 거짓말일 테고. 성향이나 체질, 뭐 그런 거겠지. 모든 사람들이 다 똑같은 방식으로 사는 건 아니잖아.”

“옛말에 여자의 보지를 보여주면 바다가 고요해진다라는 금언이 있다. 바다를 잠재우고 싶은 생각은 정말 없냐?”

숙은 우스꽝스러울 정도로 진지하게 말한다.

"이 여자, 뭔 해괴한 소리야."

"흐홋, 어느 책에서 봤는데 니 앞에서 이 말 한번 폼나게 써먹고 싶었다. 근사하냐?"

"근사하긴, 무섭다. 그거 옛날에 뱃사람의 무사고를 빌며 처녀를 제물로 바치던 데서 유래한 거 아니니."

"헐, 관점을 바꿔봐라. 희생, 제물 이런 거 말고, 평정, 제압, 이런 거로 해석해도 되잖아. 세상의 사나운 것을 순하게 만든다는 건데. ……근데 여자의 성기, 음부라는 말보다 보지라는 말은 진짜 노골적이고 써서는 안 될 금기처럼 느껴지거든. 왜 그럴까?"

"사회통념이겠지. 부정한 의미의, 숨겨둬야 할 그 무엇. 소설책을 봐도 그래. 문학적으로 표현할 땐 더더욱 은유적이지 직접적으로 가리키는 덴 생리적 거부감이 드니까."

"우리, 관습에 반기를 드는 의미로 물 밖으로 끌어내 사용해 보지? 보지, 보지, 보지."

숙이 때로 짓궂긴 하지만 고교 시절부터 그녀의 악의 없는 호쾌함이 좋았다.

그녀는 풀잎 하나를 뽑아 손가락에 감으며 말한다.

"니 기억하나? 한 칠, 팔 년 전인가 내가 짧게 머리를 숏카트 했을 때 사람들이 나보고 자신감 있고 당당하게 보인다고 말했던 거. 지금 생각해 보니 그때가 제일 내가 멋있던 것 같아."

"어린 듯하면서 보이시한 매력을 풍겼지. 색달라 보였어. 너 그때 웬 사내를 가슴에 품고 있지 않았니?"

26

"크큭, 가슴에만 품었냐, 보지에도 품었지. 쪼끔만 더 꼭지가 돌았으면 맨발로라도 그 사람을 따라 나섰을 텐데…… 그때 어쩌다 그런 맘이 생겼는지 지금 생각하니 신기하다야. 언제 그런 일이 있었나 싶게 까마득하네. 그때는 이 사람 아니면 안 된다고 확신했는데 지금 생각해 보면 꼭 그 남자 때문이 아니라 내가 살아 있다는 그 느낌이 좋았던 거야."

내가 살아 있는 느낌? 생생함? 이 감정은 적극적인 행동이 뒤따랐을 때 얻어지는 게 아닐까? 돌아보면 내 삶은, 화병에 꽃 한 송이가 꽂혀 있는 한 장의 정물화처럼 느껴진다. 거기엔 탁탁 튀는 불꽃들이 없다. ……오래전…… 초록색 군복 위에 붉은 계급장을 달고서 어색해하던 한 젊은 아이가 떠오른다. 그 아이…… 입대 날짜를 받아놓고 휴학을 한 시점이었을 것이다. 태양이 내리쬐던 한여름이었다. 해변 가까이 바다 위에는 연인이거나 가족을 태운 조각배들이 군데군데 깃발처럼 떠 있었다. 그와 나도 여러 척의 배들 중 하나에 몸을 싣고 수면 위에서 가만가만 흔들리고 있었다. 천천히 노를 젓던 그는 노 젓기를 멈추더니 할 말이 있는 듯한 눈으로 나를 바라보았다. 이런 얘기 너한테 처음으로 하는 거야. 그는 예상치 않은 방식으로 자신의 굴곡 많은 가족사를 차분하게 내게 풀어놓았다. 그런 얘기를 왜 나한테 하는지 좀 부담스러웠지만 뜨거운 햇볕 아래 더위를 참으며 귀를 기울였다. 얘가 나를 좋아한다고 간접 고백을 하는구나, 나는 그 아이의 속뜻을 알아들었다. 그는 이야기를 끝내고, 내 비밀을 들었으니 책임져야 해, 하면서 멋쩍게 웃었다. 나도 그 아이를 좋아했지만 뭐라고 정의 내릴 수 없는 모호한 감정에 혼란스러웠다. 애인이라는 관계에 묶여버리고 싶으면서도 묶이고 싶지 않은 모순이 늘 자리하고 있었다. 그래서 그가 강원도 최전방으로 떠나기 전에, 그래, 널 기다릴게, 하고 말해줄 수 없었다.

그는 군대 가서 간간이 편지를 띄웠다. 한 번도 내게 면회를 와달라는 말을 직접적으로 하지는 않았다. 날이 너무 추워서 양말을 몇 겹을 신었는데도 발가락이 얼어붙을 것 같다, 영하 20도가 넘는 추위를 상상할 수 있겠니? 보초를 서면서 바라보는 밤하늘의 별이 너무 맑아서 눈물이 난다라거나 황순원의 「소나기」에 나오는 잔망궂은 계집아이와 조약돌을 만지작거리는 소년에 대한 얘기를 압축해서 상징적으로 적어 보내왔다. 곧 그 말은 누군가 찾아와주기를 바라는 외로움의 절실한 표현이었다. 답장을 보내긴 했지만 그의 호소를 애써 무시했다. 그가 있는 곳은 하루 만에 집으로 돌아올 수 있는 거리가 아니었다. 면회 가는 장면을 상상하다가도 막차를 놓치고 밤에 초라한 여인숙에 둘만 남게 되었을 때를 생각하면 그를 안고 싶은 낭만적인 열정보다 나 자신이 번제물이 되어야 할 것 같은 두려움이 더 앞섰다. 섹스의 경계선을 넘었을 때의 특별한 변화가 긍정적이지 않고 자아의 파괴라는 끔찍한 결과를 낳으리라 믿었다. 섹스는 남녀 사이의 대등한 관계를 해치는 걸림돌이었다. 자연스러운 사랑에의 욕망을 비틀린 관념으로 휘저으며 나 자신을 성적 욕구가 없는 담백한 사물로 가능한 남겨

두고 싶었다.

　나는 불편한 마음으로 기억한다. 이해할 수 없는 내 행동에 첫 휴가 나온 그의 눈빛이 실망스러운 표정으로 바뀌며 돌아서던 마지막 모습을. 이런 식으로 내 삶에서 의미 있게 만났던 몇몇 남자들과의 관계가 흐지부지되었다. 나의 로맨스는 어렵게 싹을 틔웠으나 언제나 꽃피우지 못하고 스러졌다. 나는 씁쓸하게 웃는다. 지금 다시 그를 만난다 해도 과거와 비슷하게 그러리란 것을. 사람의 본질은 잘 변하지 않는다. 이제는 비단 남자뿐만 아니라 사람과의 관계가 점점 더 어렵게 느껴진다.

　'이미 끝나버린 사랑의 기억을 이제는 지워야겠지요' 숙은 노래 한 구절을 흥얼거린다. 포도 위 벚나무 잎들이 한꺼번에 몸을 흔든다.

　열람용 테이블 앞에 앉아 낡은 도서분류표를 떼어낸다. 내 옆에는 두꺼운 책들이 잔뜩 쌓여 있다. 불량이나 파손 여부도 체크해야 한다. 도우미가 있을 때는 같이 일을 나눌 수가 있어 좋았는데 이제 그녀는 가고 없다. 그녀는 가끔 내게 연락을 해왔다. 사귀던 남자친구와 헤어졌다는 말을 내게 거리낌 없이 전화로 들려주었다. 열어둔 창으로 몇 개의 빗방울이 튀어 들어온다. 좀 전에 점심을 먹고 냄새를 지우기 위해 창문을 열어두었다. 차가운 공기가 들어와 춥다. 나는 창문을 닫는다. 공원 마당에는 잿빛 운무가 무겁게 나무들 주위를 감돌다 땅으로 내려앉고 있다. 강인하게 지탱

해가던 엄마는 의사 말대로 겨울을 넘기지 못하고 생명의 끈을 놓아버렸다. 의식을 놓기 전 엄마는 내 손을 잡으며, 어차피 혼자 가는 기다, 괜찮다, 괜찮다 하며 고개를 주억거렸다. 엄마의 말은 이중적으로 들렸다. 죽음은 누가 대신해줄 수 없다는 말로도 들렸고, 싱글인 나를 걱정하지 않는다는 말로도 들렸다. 엄마는 땅에 묻지 말고 화장을 해서 아무 데나 버려달라 했다. 산에 뿌려 새의 밥이 되든 강물에 뿌려 물고기의 밥이 되든 괜찮다고 했다. 엄마의 유골은 강과 바다가 만나는 지점에서 흘려보냈다. 아마 그녀의 몸을 이루었던 세포 한 조각이 미술관 근처 바다로 흘러들었을 것이다.

오키프의 도록을 꺼내 든다. 아이리스, 피튜니아, 릴리, 레드 칸나 등의 꽃잎들이 흰색, 자주색, 보라색, 오렌지색으로 변주되며 내 눈 속으로 들어온다. 그 꽃은 그림의 배경이 아니라 화면 가득 클로즈업되어 당당하게 자신을 표현한다. 그래도, 그래도 내 눈길을 더 붙잡는 건 검은 붓꽃이다. 몸을 씻기며 본 엄마의 검은 꽃잎 한가운데 숨어 있던 비밀의 문. 그 끝을 알 수 없는 입구 앞에 손가락 마디만큼 작아진 내가 들어갈 듯 서 있다.

엄마 여기 다리를 쭈욱 펴고 누워봐. 내가 초특급으로 서비스해 줄게. 괜찮다, 이 정도는 내도 할 수 있다. 아이참, 모처럼 딸이 봉사하겠다는데 거절하기유? 엄마는 기분이 흡족한 듯했다. 그녀의 오른팔부터 내 무릎 위에 올려놓고 꼼꼼하게 때수건으로 씻어낸다. 옹이가 박힌 손마디가 거친 나무껍질 같다. 손톱에서, 손가락의 굽어진 뼈마디를 더듬어 위로 올라간다. 그녀의 풍만하던 젖가슴은 공기 빠진 풍선처럼 쭈굴쭈굴하게 처지고 배꼽 주위의 둥그런 살의 탄력은 흔적조차 없다. 나는 그녀의 다리를 기역 자로 세워 허벅지 사이를 벌린다. 그녀는 부끄러운지 다리에 힘을 주며 오므리려 한다. 저 몸에 지금도 부끄러움이 남아 있는 걸까. 아마 반사작용이겠지. 샅에 솟아 있는 하얀 두덩에는 치모가 다 빠지고, 음순이 주름처럼 흐늘거리는 구멍은 힘없이 벌어져 휑하다. 번데기가 빠져나간 빈집의 허물처럼 어둠의 구멍은 적막하고 쓸쓸하다. 버려진 폐허처럼 기괴하기까지 하다. 한때 사랑을 하고 생명을 품었던 곳. 아마 아버지가 돌아가신 뒤로 삼십 대의 저 푸르렀던 꽃잎은 한 번도 열리지 않았으리라. 아니 모르겠다. 내 짐작이 틀렸길 바란다. 내가 어찌 그녀의 생을 다 안다고 할 수 있을까. 내가 알지 못한 비밀이 그녀의 어느 갈피에 꽂혀 있길 바랄 뿐이다. "죽기 전에 니 짝을 맺아주고 갈라 했는데 그기 마음대로 안 된다." 엄마는 끙, 하며 신음 소리를 낸다. 그러고는 부자연스럽게 구부리고 있던 자세를 바꾼다. 그녀는 스스럼없이 몸을 활짝 연다. 나는 그녀에게 물세례를 준다. 신성한 의무를 마치고 흙으로 돌아가기 위한 제의를 하듯. 시든 꽃잎이 물기를 머금고 피어난다. 비밀스러운 말들을 겹겹의 꽃잎에 담아……

갑자기 눈물이 솟구친다. 비로소 나 혼자만 남겨졌다는 사실이 뼛속 깊이 파고든다.

나는 데스크를 돌아서 데스크 뒤의 빈 공간으로 들어간다. 바닥에 내려놓은 숄더백에서 손수건을 꺼내 눈물을 닦는다. 다행이다. 자료실 안에 아무도 없다는 게. 눈화장을 고치려 손거울을 꺼낸다. 거울 속 빨개진 눈 아래, 오른쪽 뺨 주위로 뾰루지가 두드러져 보인다. 쉰이 넘은 나이에 여드름이라니. 나는 거울을 데스크 밑 선반 위에 두고 양손의 검지로 붉게 도드라진 종기를 누른다. 휴지를 뜯어 피가 나오는 부위에 살짝 붙이고는 한숨을 쉰다. 그러고 보니 피부도 탄력이 없고 눈동자는 멍하다. 머리카락도 군데군데 흰 뿌리가 드러나는 걸 보니 다시 검은 물을 들여야 할 것 같다. 데스크에서 나가려는데 갑자기 다리 사이가 간지럽다. 검은 붓꽃이 자꾸만 속살거린다. 여기서는 안 돼. 지금 나는 그녀의 말을 듣고 싶지 않다. 나는 나중에, 라고 말한다. 그런데도 검은 붓꽃은 막무가내로 나를 휘두르며 달뜨게 한다. 하는 수 없이 컴퓨터가 놓인 데스크의 의자 위에 앉는다. 데스크가 둥글게 앞을 가려 내 상체만 보일 것이다. 나는 팬티를 내리고 다리를 벌린다. 그 사이로 손거울을 넣는다. 손가락으로 두 개의 입술을 연다. 촉촉하다. 검은 붓꽃은 이슬을 머금은 듯 말을 털어낸다. 조금은 빈정대듯.

"너 외롭지. 많이 외로울 거야. 너 혼자 늙어간다는 게 두렵기도 할 테고. 내가 외롭다고 아무리 말해봐야 넌 변하지 않을 테니까. 나도 포기했어. 육십 이후 새로운 인생이 시작된다는 뭐 그런 따위의 달콤한 말은 하고 싶지 않아. 그래도 네 인생의 마무리는 멋지게 환상적으로

할 수 있도록 내가 도와줄게. 자, 들어봐."

검은 붓꽃은 나지막하게 노래하듯 흥얼거린다.

너는 바다와 산이 닿아 있는 작은 섬으로 가는구나. 지팡이에 기댄 네 걸음은 느리고 힘이 없다. 너는 사람의 발자취가 드문 그늘진 해안가에 반듯하게 누워. 서서히 죽음이 스며들기를 기다리는 거지. 조금씩 생명의 기운이 빠져나가는 그 느리고도 찰나 같은 시간을 새기기 위해 눈을 감는구나. 느리게 오랫동안 네 주검은 방치될 거야. 몸이 햇볕에 잘 말려져 몇 조각의 하얀 뼈로 남겨질 때까지. 빗물과 바람에 떠밀려, 짠물에 씻긴 뼈 한 조각이 조가비처럼 모래밭에 뒹군단다. 동물의 뼈 같기도 한 너의 흔적에, 간혹 새가 앉았다 가기도 하고, 사람의 발길에 채이기도 하며, 더러 어떤 꼬마가 그걸 들고서 뿔고둥처럼 불기도 한단다……

오래 숨어 있던 검은 붓꽃은 영화의 엔딩 장면처럼 내 마지막에 대해 아름다운 거짓말로 매듭을 지어주고 있다, 얄밉게도. 나쁜 년.

홍천

탁

그해 여름의 햇빛이 기억난다.

온통 초록이었던 숲과 계곡 위에 투명한 유리막으로 덮여 있던 빛이.

벌써 삼 년이 지나갔군.

태풍이 비켜나자 지속적으로 내리던 비가 그치고 본격적으로 태양이 빛을 뿌리던 7월 중순이었다. 낡은 검정색 차로 여러 소도시와 몇 개의 군을 거치며 읍, 면, 리까지 작은 마을을 해가 지도록 돌아다녔다. 세 명의 동승자도 있었다. 서로 처음 본 얼굴이었고, 각자의 이름만을 소개하듯 짧게 말했는데, 지금은 잘 생각나지 않는다. 나처럼 가짜 이름이었거나 인터넷에서 사용하는 아이디 같은 것이었다. 우리가 가고자 하는 목적지는 홍천이었고, 이곳을 지목한 사람 말고는 모두 처음 가본 곳이었다. 아니다. 예전에 육군 초병 시절 군용 트럭을 타고 인제에서 홍천으로 여러 번 지나다닌 적은 있다.

오전에 석계동으로 차를 몰고 가서 교회 앞 버즘나무 아래 모여 있는 일행을 태웠다. 세 사람은 조금씩 떨어진 채 어색하게 서 있었다. 그 사이로 교회 계단 위에 놓인 유난히 빨갛고 커다랗게 핀 접시꽃이 보였다. 운전대를 잡은 나는 전면경으로 뒷좌석의 얼굴을 훑어보고는 어수선한 거리의 이면도로를 빠져나왔다.

남한강 줄기를 따라 드라이브하면서도 누구 하나 말을 꺼내는 사람이 없었다. 다만 창밖으로 잔잔한 강물을 쳐다보다, 누군가, '오리'라고 낮게 말을 했는데, 그 말의 파장이 차 안에 오래 머무른 느낌을 받았다. 아, 여자가 한 말일 거다. 희고 얇아 보이던 긴 머리의 여자가 갑자기 차창을 내려 한 팔을 내밀고는 손바닥을 펴 노 젓듯 흔들던 기억이 난다.

미아

그때가 삼 년 전인가, 엊그제 같기도 하고, 한 십 년이 훌쩍 지난 것 같기도 하다. 지금도 초록 물결 위에 은어 떼로 반짝이던 그 여름날의 햇빛이 기억에 남아 있다.

돌이켜보면 한여름 밤의 꿈 같기도 한 여행은 길가의 표지석 같은 의미를 던져주었다. 어깨를 짓누르던 검은 그림자의 유혹에서 허우적거릴 때 내 발로 바닥을 차서 그 검은 물구덩이를 빠져나왔다.

플라타너스 주위에는 아무도 없었다. 나무는 머리방울 같은 열매를 매달고 있었다. 나는 교회 앞 보도블록 위를 서성였다. 유난히 붉은 꽃이 눈에 들어왔다. 교회로 올라가는 계단 옆 주홍빛 벨벳 같은 히비스커스를 들여다보았다. 빨간색 화분에 심어져 있어 꽃나무가 꼭 빨간 장화를 신은 것처럼 보였다. 햇빛을 향해 활짝 벌린 꽃은 자신만만하고 뻔뻔해 보였다. 양지에서 피는 꽃의 특징이랄까. 걔를 떠올리게 했다. 내 앞에서 그와 손깍지를 끼고서 미끄러운 비닐 같은 눈빛을 던지며 득의로 반짝이던, 친구라 여겼던 걔. 차라리 눈을 감고 말지. 나는 화분에서 눈길을 돌려 플라타너스의 손바닥 같은 잎을 보았다.

사랑을 얻는데 어떤 불행의 표정은 상대에게 얼마만큼 영향을 미칠까. 행보다 불행이 더 유혹적이지 않을까. 아니 피하고 싶은데 피해지지 않는 그런 것 아닌가. 나는 불행하거나 불행해 보이는 사람에게 끌렸다.

시간이 되자 동행자들이 하나둘씩 나타났다. 간단하게 눈인사만 나눴던 것 같다. 아니다. 그냥 얼굴을 보았던 것 같다. 가만히 탐색하듯, 냄새 맡듯. 거의 움직임에 소리가 나지 않았다. 마지막으로 검은색 자동차가 나타나자 모두들 조용히 차에 올랐다.

제리

그거 알아요? 하고 싶은 말을 제대로 하지 못할 때, 정말 내뱉고 싶은데 말이 되어 나오지 않을 때 얼마나 답답한지. 용기와 관련된 것일 거예요. 나는 비겁하고 용기가 없었어요. 상대방의 급소를 말로 치고 싶은데, 머리통을 날리고 싶은데 내 말이 총이 되지 못하고 그만 꼬리를 내려버리죠. 상대가 불편해하거나 싫어할 말은 조금도 하지 못하고 소심하게 눈치를 봤던 거죠.

저항할 줄 모르는 말들이 가슴속에 꽉 들어찼는데도 그 말이 벽에 갇혀 뚫고 나오지 못하고 압력으로 팽창해 있을 때 지독한 고통을 느껴요. 쏟아지는 폭언 앞에서 대항할 그 한순간의 비명 같은 말이라도 쏟아내고 싶은데 도저히 말이 되어 나오지 못할 때, 해야 한다는 의지와 다르게 더 깊숙이 안으로 들어가는 내 말이 얼마나 답답하고 바보 같은지, 그거 알아요.

그해 여름에도 내 안엔 울분으로 가득 차 있었어요. 아 3년 전인가. 그 여행에 동행했던 건 약간의 즉흥성도 있었어요. 나를 억누르던 널빤지를 부숴버리고 싶은데, 그게 마음대로 안 되니 나를 통째로 깨부수고 싶었어요. 해머로 내리치듯, 똬아!

그때 그 거리는 사람들이 휴가철 피서지로 다 가버리고 텅 빈 것처럼, 문 닫은 가게들이 많아 뭔가 쓰레기들 같은 게 거리에 뒹굴었던, 정돈된 느낌은 아니었지만, 오래전 옛날 거리를 보는 듯한 기시감이 있었어요. 아니 실제로 상가의 점포들이 정상적으로 영업을 하고 있었는데 그런 생각을 갖게 되었던 이유는 모르겠어요. 내가 교회 앞 가로수 쪽으로 가니 젊은 아가씨가 화분대 위의 붉은 꽃을 보고 있더군요. 거 왜, 하와이무궁화라고 하죠. 접시꽃 같은데, 그것보다 키가 작고 꽃이 큰. 아가씨 이름이 미아라고 했나, 소개할 때의 이름이 기억나요. 가르마 한쪽이 많이 치우쳐서 이마께로 내려오던 머리카락을 한 손으로 자주 쓸어올리던 모습이 생각나요. 동행이라는 말이 참 적절했는데, 다들 처음 보는 얼굴이었어요. 거리에 서 있는 우리들 앞으로 검은 자동차가 멈췄는데, 마치 장의차처럼 느껴졌어요.

본

내가 먼저 홍천으로 가자고 제안했었다. 홍천은 아마 내가 6살 때까지 살던 곳이라고 알고 있다. 그렇게 믿고 있다. 읍에서 벗어난 산초울이라는 작은 마을이었다. 산초열? 산초흘? 이름이 석 자였는데, 정확하지 않았지만 나중에 산초울이라는 걸 알게 되었다. 마을과 마을을 좌우로 혹은 상하로 나누며 흐르던 지류들이 많았다. 그즈음엔 이상하게 짙푸르게 자라던 옥수숫대와 산의 능선들이 끝없이 비밀처럼 감싸던 기억 속 마을 풍경이 자주 떠올랐다. 그 여름, 나와 두 명의 파트너는 플라타너스 아래에서 기다렸다. 등 뒤의 붉은 접시꽃이 눈에 띄긴 했었다. 그 꽃 색이 너무 강렬해서 독을 품고 있는 듯했다. 화려할수록 독을 가진 게 아닌가. 버짐 핀 나무 둥치에 한 손을 짚고 있던 여자의 얼굴이 몹시 창백해 수채물감으로 문지른 듯 엷고 희미해 보였다.

나는 무언가에 붙잡혀 있었다. 언제부턴가 나는 이 세상에 잘못 태어난 것이 아닌지, 이곳이 아닌 다른 곳에 내 삶이 있는 게 아닌지, 그런 근원적인 박탈감에 시달렸다. 나는 같은 줄에 서 있지 않고 비켜나 있는, 여기하고 맞지 않다는 생각이 내내 나를 지배했다. 먹는 것도 자는 것도 사람을 만나는 것도 즐겁지 않았다. 나는 병이 들어 있었다. 의학적 질병이 없는데도 아팠다. 늘 죽음을 예감했다.

그들

탁은, 볼일도 보고 커피라도 마시자며 주차지에 차를 멈췄다. 바깥은 덥지만 탁은 차창을 내렸다. 그제서야 차 안의 동승자들도 안전벨트를 풀고 밖으로 나왔다. 화양강랜드라고 적힌 간판이 눈에 들어온다. 초콜릿색의 차분한 느낌의 단층 휴게소는 그들에게 어딘지 편안한 기분을 갖게 했다. 각자 알아서들 하시고 20분이면 되겠죠, 탁은 이 말을 던지고는 화장실 쪽으로 갔다. 미아는 휴게소 식당 내 커피점에서 아메리카노를 주문했다. 커피 향을 맡으니 갑자기 더 커피가 간절해졌다. 커피만큼은 어디라도 가져가고 싶다. 날이 더운데도 차가운 게 싫었다. 어딘가 확실하지는 않지만 발가락 끝에선가부터 으슬으슬 한기가 느껴졌다. 뜨거운 커피를 받아 든 미아는 건물 뒤쪽 붉은 철제 난간이 있는 발코니 쪽으로 갔다. 옆으로 산을 품은 넓고 잔잔한 강물이 완만하게 C 자로 굽어지며 다른 산 쪽으로 이어졌다. 물이 얕은 데는 강바닥이 보이고 물가에는 흰 모래가 반반하게 깔려 있었다. 미아는 커피 한 모금을 마시며 뜬금없이 어머니라는 말과 모성, 품이라는 이미지를 떠올리며, 이 강이 그렇게 느끼게 한다고 생각했다. 본이 미아의 곁을 스쳐 지나가다 1미터 앞에 서더니 양손을 들어 미아의 모습을 네모난 손가락 프레임 안에 가두고는 사진 찍는 흉내를 냈다. 본은 보일 듯 말 듯한 미소를 보내고는 그것마저도 금방 지웠다. 그리고 본은 생각했다. 심각해야 할 필요는 없지 않나. 미소 하나에도 인색하게 굴 거까지는 없잖아. 즐겁지 않을 까닭은 뭐지?

제리는 내내 자물쇠처럼 잠긴 표정이었다. 닫힌 문이었다.

모든 것은 연결되어 있다. 탁은 이 말을 새기며 이런 우연은 또 뭔가, 아주 별난 인연인 것만은 틀림없다고 생각한다. 탁은 식욕이 없는데도 뭔가로 채워 넣고 싶은 허기를 느꼈다. 여기서 뭐라도 먹어야 하지 않나. 탁은 밥이라도 먹겠느냐고 물어보려다 각자 알아서 하는 게 편할 것이라고 마음을 바꿨다. 탁은 식당 앞에서 파는, 뜨거운 솥에서 막 꺼낸 옥수수를 샀다. 차 안으로 들어가 잠시 앉아 있으니, 약속이라도 한 듯 일행들이 하나둘 제자리로 돌아왔다. 탁은 투명 비닐을 찢어 뜨거운 옥수수를 꺼내 뒷좌석의 미아와 본에게 주고 하나는 조수석에 앉은 제리에게 건넸다. 긴 소매의 양팔을 감싸고 있던 제리는, 무심코 뜨거운 것을 받아들다가 화들짝 놀라 무릎 위에 옥수수를 놓쳤다가 조심스레 다시 집었다.

다들 천천히 옥수수 알갱이를 입으로 혹은 손으로 뜯었다. 강원도 옥수수는 맛이 순수하고 낱알이 탱글탱글하다고 누군가가 말했다. 본은 아까 지나오면서 내촌면 몇 킬로미터 가령(可靈)폭포라는 표지를 보면서 한자를 유심히 보았다. 폭포 이름을 휴대폰으로 검색해보았다. 홍천 '개령폭포'라고도 불리며 '영혼이 열린다'라는 뜻을 가지고 있다고 했다. 본은 입안에서, 영혼이 있다, 영혼이 열린다라는 말을 되작여본다.

이 더위에도 여자들 틈바구니, 합숙소 같은 먼지 날리는 공장에서 미싱을 돌리고 있는 엄마를 생각하자 미아의 마음이 복잡해졌다. 제대로 된 휴가 한 번 없이……. 그렇더라도 내 결심에는 변화가 없다고, 움직이지 못한다고 그녀는 속으로 항변한다. 그녀는 자신의 배를 살짝 움켜쥐었다가 놓았다. 엄마는 들판에 흐드러지게 핀 하얀 꽃들의 군락지를 지나갔다고 말했다. 나의 태몽은 들국화 같은 흰 꽃이며, 들판에 흰 꽃이 가득했다고 말했다. 엄마의 군락지라는 말이 생소했다. 평소에는 잘 쓰지 않던 말이었다.

흰 꽃은 무슨 의미일까. 왜 빨강이나 노랑 같은 화려한 색이 아니고 흰색이었을까. 그게 내 삶을 규정하는 어떤 게 아니었을까. 흰 나비나 흰 손수건이나 그런 것처럼 어쩐지 화이트는…… 이별이나 애도 같은 어떤 그런…….

제리는 언젠가부터 일상적인 대화는 잘 이어가는데 상대에 대한 진짜 말, 마음속에서 품고 있던 말은 정작 내뱉지 못했다. 말로 뺨을 후려치듯 꼭 네 앞에서 휘갈기고 싶다는 욕구가 끓어오르지만, 막상 얼굴을 보면 말이 나오지 않았다. 특히 이 말을 하지 않음으로써 자신이 불리해지거나, 오해를 받는다 해도 그랬다. 제리는 늘 자신의 목구멍을 막아버리는 이 널빤지의 정체가 뭔지 답답했다. 자신을 옥죄는 철갑 같은 거. 나만 그런 건가, 아니면 다른 사람들도 그런가 싶어 주변을 관찰해보았지만, 나만큼 어려움을 겪는 것 같지는 않았다. 오히려 남에게 직설적으로 말을 뱉어내는 사람들은 많이 봐왔다. 남에게 상처를 주면서도 알지 못하거나, 알면서 일부러 자신의 말이 어떤 위력을 가지고 있는지 즐기면서 상처 난 사람들을 내려다보는 그런 부류들. 최근 몇 달 동안 자신에게 무차별적으로 쏟아지는 직장 상사의 폭언은 지위와 신분의 벽까지 더해 더욱 말문을 막아버렸다. 그러다 막힌 말들이 등이나 팔 쪽에 가려움을 동반한 붉은 반점들로 나타났다.

탁은 운전석의 시계를 보았다. 해가 지려면 아직 일렀다. 기름도 충분히 여유가 있었다. 물어볼 것도 없다. 운전대는 내 손에 있으니. 탁은 표지판의 군 경계를 넘어 한적한 도로를 따라 적당한 속도로 달렸다. 그 길은 도로에서 이어져 작은 마을길이 되기도 하고, 산길이 되기도 했다. 여러 개의 읍, 면, 리를 지나쳤다. 원래의 목적지를 곁에 두고 먼 길로 우회했다가 다시 돌아왔다.

해가 기울 무렵 검은 차는 지나쳤던 길을 거슬러 화촌면으로 들어갔다. 본이 보기에, 마을로 들어가는 길은 정비되고 집도 개조되어 깨끗했지만 활기나 움직임이 거의 없는 쇠락한 분위기였다. 오래전 흑백사진처럼 남아 있던 기억 속의 마을은 없었다. 세월이 흘렀는데 변하지 않았다면 그게 이상한 일이다. '입양, 파양, 입양……' 사실, 홍천이었는지도 확실하지는 않다. 본의 귀에 들렸던 그대로 기억할 뿐이었다. 화천이거나 그 비슷한 지명일 수도 있었다. 그러나 산초라는 단어가 들어가는 산초울이라는 마을은 검색창에 제주도와 홍천으로 나와 있었다. 화촌이라는 지명과 산초가 바로 연결되었다. '입양, 파양, 입양.' 여러 해 전에 일부러 한국지사를 택해 입국했지만 고향이라 생각되는 곳을 찾지는 않았다. 입양기관을 통해 서류를 훑어보았지만 내 최초의 근거지는 경기도 부천의 어느 보육원에서 끊겨 있었다. 왜 내가 부천에서 발견되었는지는 모른다. 원장의 성을 딴 내 이름도, 출생년도와 생일도 거기서 새롭게 만들어졌다는 걸 알았다. 원장이 지어준 이름을 달고서 거쳐간 아이들이 아주 많다고 들었다. 내 원적은 그 지역이 아니라는 믿음만 가지고서 돌아왔다. 천천히 지나가는 차 안에서 눈으로 간판을 읽는다. 해든공방? 뜻이 뭔지도 모르면서 하나하나 글자를 본다. 노래방, 식당, 당구장, 이용원 등 더 이상 의미 없는 간판들은 폐업의 흔적으로만 남아 있었다. 맞은편 주택들 사이에서 외형을 유지하고 있는 낡은 목조 건물은, 희미한 흑백필름처럼 기억에서 재생되었다. 그 거리에서 웬 아이가 서성이고 있었다. 희게 회칠한 벽과 나무 골조는 그대로 박물관처럼 남아 있고, 빛바랜 주황빛의 여관은 세월을 겪은 듯하지만⋯⋯. 아, 문을 닫았다. 그리 오래되지는 않은 것 같았다. 길을 넓히고 새로 단장한 집들의 담벼락이나 문에는 파란 표찰의 주소가 붙어 있었다. 산초울로 193-1, 200-1⋯⋯. 눈으로 거리를 살피던 본은 현기증 같은 흥분을 제어하듯 손으로 심장 아래께를 가만히 눌렀다. 본은 탁에게 멈춰달라 하고 차에서 내렸다. 근처에 지류가 흐르고 옥수숫대들이 호위병처럼 서 있는 너른 밭들 뒤로 크고 작은 산들이 포개져 감싸고 있었다. 길가 풀숲을 따라 걸었다. 검은 휘장을 지붕처럼 받쳐놓은 곳이 많았다. 그 옆길 언덕 같은 데 유난히 화초가 많은 집. 어릴 때 살던 집이 여기라는 생각을 했다. 본이 보기에. 아닐 수도 있었다. 맞아, 맞아. 본은 자신에게 확신이 들지 않는 사실을 주입시키듯 되뇌었다. 이 집 안쪽에 부엌 딸린 작은 방이 있었고, 신문지로 덮은 둥근 밥상 한 켠에는 젊은 아버지가, 아버지로 생각되는 사람이 파리한 얼굴로 누워 있었다. 파란색 지붕을 얹은 집의 모양은 달라졌지만, 본의 감각이 그 집이라는 확신을 갖게 했다. 대문 곁에 키가 멀대 같은 붉은색 접시꽃이 저물기 전의 빛을 빨아들이고 있었다. 본은 그 집 가까이로 가 밭 옆으로 난 길과 주변을 살피는데, 어떤 초로의 남자가 왜 그러느냐고 물었다. 본은 궁금한 것을 알아볼까 하다 손을 내저으며 물러났다. 도무지 물어볼 만한 기억의 단서란 게 없었다. 뭘 물을 수 있을까. 자신의 자연스럽지 못한 발음도 걸렸다. 이제 와 물어본들.

길옆에 차를 세워둔 채, 탁은 밭둑에 서서 담배를 피웠다. 지붕처럼 비스듬히 검은 발들이 쳐진 재배지를 보았다. 여기는 인삼밭이 많군. 탁이 말했다. 다른 사람들은 가만히 차에 앉아 낯선 풍경을 바라보았다. 이 마을 쪽으로 둘러보자고, 말한 건 당연히 본이었다.

탁이 차에 오르더니 담배를 끊었는데, 다시 생각이 나서, 챙겨 왔다며 아무도 묻지 않았건만 변명하듯 말했다. 그들은 원래의 목적지로 움직였다. 사방을 둘러봐도 짙은 초록의 향연이었다. 강이 마을과 마을의 경계를 이루고 겹겹이 비밀을 품은 산들은 아주 드넓게 마을 마을을 에워쌌다. 한창 열매를 품은 검푸른 옥수숫대는 한창 자라고 있는 중이었다. 안도감. 이곳은 차곡차곡 비밀을 품은 듯한데 편안함이 느껴진다고 미아는 생각했다.

그들을 태운 검은 차는 산속 깊숙이에 있는 펜션으로 갔다. 흰색 3층 목조풍 건물 하나가 주차장 겸 너른 마당을 앞에 두고 있었다. 건물이 서 있는 절벽 아래로 홍천강의 물줄기가 완만하게 흘렀다.

미아는 3층 발코니에서 강을 내려다보았다. 양옆의 포개진 산 사이로 강물이 분홍빛 기저귀가 펼쳐지듯 풀려나왔다. 각자 벽에 기대어 창 쪽으로 시선을 주며 사물처럼 앉아 있거나 세면대로 가서 땀을 씻어냈다. 정지화면처럼 앉아 특이할 것 없는 벽지를 바라보던 탁은 생각난 듯 열린 문과 창문을 닫고 에어컨을 켰다. 벽에 세워진 접이식 커다란 네모 밥상을 가져와 방 가운데에 폈다. 자, 우리 만찬을 벌여야죠. 준비합시다. 본과 제리도 비닐봉지 속의 물건을 꺼내 상 위에 놓았다. 봉지에서 담배, 종이컵, 새우깡, 육포, 어포, 소시지 등을 꺼내고 냉장고에 냉동 피자와 음료수와 술을 집어넣었다. 미아는 욕실로 들어갔다. 미아는 얼굴을 씻어내고 다시 연하게 기초화장을 하고 립스틱까지 발랐다. 허리 가까이 오는 머리카락을 하나로 느슨하게 고무줄로 묶었다. 탁은 베란다로 나가 담배에 불을 붙여 천천히 빨았다. 어느덧 물빛이 어두워져 있었다. 마당에는 가족끼리 놀러 온 두 그룹이 바비큐 파티 준비로 분주했다. 들뜬 하이톤의 목소리들이 어우러졌다. 어린아이 셋이 마당을 뛰어다녔다.

탁은 자신을 실패한 사람이라고 규정한다. 총구는 결국 나에게로. 전처. 한때 아내였던 여자는 나를 보고 싶어 하지 않았다. 엄마와 살던 초등학생이었던 아이들이 이제 대학도 마치고 성인이 되어 양육비의 부담으로부터 벗어나게 되었다. 그동안 떨어져 가끔씩 아이들이 성장하는 모습을 보았지만, 사춘기 아들이 뭘 생각하는지, 딸아이가 뭘 원하는지 같이 부대끼며 생활로써 나누지 못했다. 한 울타리 안과 밖의 차이는 있을 것이다. 그러나 같은 공간에서 살았다 한들 결국 서로서로 독립된 개체가 되어 떨어져 나가는 건 마찬가지 아닌가. 거듭 사업에 실패하고 이혼한 뒤로 십 년 넘게 아버지라는 책임을 잊지 않기 위해 열심히 일했다. 나는 제대로 갖춰 입거나 먹지 못해도 상관없었다. 이제 나를 가볍게 놔주고 싶다. 산다는 건 담배 연기처럼 실체가 없는 게 아닌가. 허공으로 사라지는 허망한.

자, 시작할까요. 탁은 검은 봉지에서 초록색 접착테이프 두 개를 꺼내 탁자 위에 놓고 테이프 하나를 집어 들고서 출입문 쪽으로 갔다. 벽에 기대어 앉아 있던 제리가 일어나 테이프 하나를 집어 방으로 들어간다. 그는 어두운 강 쪽을 보며 창문을 확인하듯 꽉 닫고 초록색 테이프를 이중으로 붙여 틈새를 막았다. 본과 미아는 미처 발견하지 못한 틈이 있는지 감시카메라처럼 실내 곳곳을 살폈다. 전체적으로 틈이 있는지 한 번 더 확인하고는 모두 테이블 앞에 앉았다.

갑자기 밥이 먹고 싶네. 누군가 농담처럼 던진 한마디에 먹은 거라곤 옥수수와 커피와 담배뿐이라고 생각한다. 갑자기 허기를 느낀 일행들. 쌀은 준비하지 않았다. 자, 먼저 오늘의 멋진 마무리를 위해 축배를 듭시다. 냉장고 안의 맥주를 가져와 먼저 캔끼리 가볍게 마주쳤다. 미아는 원래 술을 한 잔만 해도 취하는 체질이지만, 맥주 한 모금을 입에 댔다. 컵라면이 익고, 레인지에서 해동된 피자에서는 치즈가 흘러내렸다. 라면수프와 치즈 냄새가 죽어 있던 식욕을 깨웠다. 미아는 뜨거운 피자 한 조각을 먹으며, 이 냄새에 의존해 살아가도 좋지 않을까라는 생각을 순간적으로 한다. 다른 이들은 육포를 천천히 씹거나, 안주 없이 먹거나, 차분하게 술잔을 기울였다. 탁은 소주 한 모금을 마시고 컵라면의 면발을 젓가락으로 들어 올렸다. 술로 입안을 헹구고, 음식물을 천천히 씹었다.

맥주 한 캔을 급하게 다 마신 제리가 캔을 찌그러트리며 시작하자고 말한다. 탁은 허, 하고 헛웃음을 지으며, 남는 게 시간이고, 밤새도록 즐겨도 우리의 시간을 도둑질할 사람은 없다, 밤은 누구의 것도 아닌 우리 것이라며, 그리 서두를 건 없지 않느냐고 말한다.

최후의 만찬을 즐기자구요. 아직은 일러요.

미아는 두어 모금 마셨는데, 가슴팍에서부터 불이 올라온다. 그래도 정신은 차리고 맑은 정신으로 맞고 싶다며 사이다를 땄다. 점차 소주와 맥주잔이 비워지고 냉장고에서 다시 꺼내지는 술병들.

마당에서 여러 사람들의 들뜬 음성과 웃음소리가 좀 멀게 들려왔다.

바깥의 웃음소리와 달리 안에서는 침묵과 이상한 긴장이 감돌았다. 웃음도 말소리도 방 안을 한 바퀴 돌고 나면 무거워졌다. 술을 마시는데도 좀처럼 취하지 않았다.

새벽이 오려면 멀었나요. 새벽이 이리 더디게 오는 줄 몰랐네요. 누군가 중얼거렸다.

노래방으로 착각했는지 나이 든 목소리의 남자와 여자들이 돌아가면서 마당에서 부르는 마이크 노랫소리가 사방이 막힌 공간으로도 크게 들려왔다.

미아는 더 어찌할 수 없는 상황이 되면 문자메시지를 보내려고 마음먹는다. 어찌 보낼까, 어떤 말로. 내내 이 말을 입속에서 굴려 봤지만, 막상, 어떻게 해야 가장 덜 아프게 할까를 궁리해 보지만, 그건 말장난에 지나지 않겠지.

엄마 고마웠어. 미안해. 못난 딸을 용서해 줘. 이런 말들을 나열해 보지만, 결론은 마찬가지다. 어떤 말로도 위로할 수 없다는 거. 나를 절대 용서하지 마. 미아는 파우치백의 하얀 알약 봉지를 만지작거렸다.

아직 일러요. 너무 이르면 바깥에서 문을 두드리거나 뜻밖의 방해로 실패할 수도 있어요. 목적지에 이르기 전 발견되면 그야말로 아니올시다죠. 더 밤이 깊어지고 고요해지면요.

누군가, 제길, 혼자 혀 차는 소리를 했다. 스스로를 비난하는 듯한.

다들 똑같은 마음일까. 마음이 흔들려 이 순간을 물리고 싶은 사람은 없는 걸까.

사방이 닫힌 공간에는 냄새와 열기와 배출된 이산화탄소와 숨소리와 에어컨 돌아가는 소리로 빈틈없이 채워졌다. 밀도 높은 수족관의 물속 같기도 하다.

이제 시작하죠. 탁이 일어나 벽시계를 보더니 휴대용 가스버너의 케이스를 열고, 봉지에서 검은 착화탄을 꺼낸다. 포장을 뜯어 숯에 불을 붙이려고 한다. 미아는 알약을 손에 쥐고 있고, 제리는 하얀 가루를 맥주잔에 털어 넣는다. 이제 긴 잠을 잘 수 있겠지.

실내의 분위기는 술로 풀어진 듯했지만, 점점 침묵의 긴장감이

지배했다. 고무줄이 팽팽하게 당겨지듯. 줄을 놓아버리면 어딘가로 휭 하고 날아갈 것이다.

어느 방에선가 바로 옆에서인 듯 클래식 기타 소리가 들려온다. 로망스의 선율이 가만가만 비를 적시듯 어느 고립된 방을 노크한다. 일행들은 기타 음 하나하나의 발자국이 심장에 또렷하게 새겨지는 걸 느낀다.

본은 들은 적이 있는 익숙한 멜로디를 가만히 듣고 있다. 순간 동결 처리되듯 꼼짝없이 고개를 숙인 채. 로망스가 끝나고 잠시 침묵. 다시 애잔한 기타의 리듬이 파고든다. 이윽고 본은 고개를 들고 한마디 한다. 눈에 물기가 고여 있다. 물론 발음이 어색하지만 뜻은 전달된다. 충분히 전달되도록 문장으로 전환해서 쓴다.

바로 옆의 내린천이 래프팅으로 유명하답니다. 지금이 하기 좋은 계절이래요. 나, 너, 우리. 마지막으로 서로에게 하루를 선물하는 건 어때요.

여기 모인 분들은 혼자 죽는 게 두려워 여행길에 동참한 거 아닙니까. 이번에도 같이 해보죠. 하루만 더 사용해 봐요.

본이 한 말 중에 제일 길었다.

다들 말이 없었다. 긍정인지 부정인지, 이 상황을 어찌 받아들여야 할지 당황하는 것 같았다. 전열이 흐트러지고 서로의 시선이 교차했다. 제리는 미간을 찡그리며 한 손으로 긴소매의 팔을 긁어댔다. 착화탄에서 불꽃이 튀며 연기가 올라왔다. 매캐한 연기가 바깥으로 맘껏 뻗어나가지 못하고 천정에 부딪치며 옆으로 퍼졌

52

다. 탁은 연거푸 기침을 했다.

내린천은 언뜻 보기에도 홍천강과 달랐다. 급류가 굽이굽이 휘감아 나가고 물살이 거칠었다. 홍천강 동북쪽 끄트머리를 경계로 인제의 내린천 상류가 된다. 이름은 달리 붙여졌지만 다 같이 북한강의 지류다. 며칠 전 비바람의 영향으로 계곡물이 겉보기는 초록색이지만 보트가 지나간 곳은 흙탕물이 일어나 카페라떼 같은 물빛이 되었다.

래프팅은 처음이었다. 인터넷이나 잡지 같은 데서 타인이 즐기는 취미 생활의 하나로만 보았지 자신들이 직접 경험해 보는 건 꿈에도 생각지 못했다. 참 인생은 아이러니다. 본의 제안에 그들은 하루를 유예했다. 분명 연장된 하루가 버겁기도 하고, 아무 의미도 없는 짓을 왜? 하는 마음도 있을 터이고, 다시 일상으로 돌아가고 싶지 않지만, 혹시라도 틀어진다면 하는 걱정이 있을 수도 있었다. 그러나 삶으로의 복귀는 없다, 미련 따위는 개나 줘버려. 그들은 속으로 단호하게 외쳤는지도 모른다.

계곡 옆으로 검푸른 숲이 초록색 짐승으로 길게 웅크리고 있었다. 저 안으로 들어가면 필히 길을 잃으리라. 미아는 홀로 검은 숲을 헤매는 모습을 상상하며 소름 돋는 자신의 두 팔을 엇갈려 쓸어안았다. 그녀에겐 삶이 저 검은 숲으로 보였다.

그들은 차를 몰아 인제 방향으로 44번 국도를 타고 내린천을 끼고 있는 레저캠프촌으로 갔다. 그들은 래프팅을 하기 전 강사에게 기본 운행 방법과 안전 교육을 받으면서도, 본 외에 이게 뭔 상황인지, 하는 부자연스러운 모습이었다. 보트 위에서 앉는 자세, 노 젓는 방법 등 균형 감각이 설명되었다. 제리는 강사에게서 반복되어 나오는 균형이라는 말을 입안에서 시큼한 사탕처럼 굴렸다. 곳곳의 위험한 지점을 통과할 때 익사를 막는, 그러니까 생존의 노하우를 전수받았다. 빨간 안전헬멧과 청색 구명조끼를 착용하고 미끄럼 방지 신발을 신은 그들의 모습은 우스꽝스러웠다. 매끈한 오리 머리 같은 그들의 모습에 탁은 슬몃, 웃음이 나왔다. 제리는 얼굴이 굳어 있었다. 수영을 할 줄 모르는 미아는 물이 무섭다고 생각한다.

10명을 태운 보트는 물이 얕은 곳에서 출발했다. 주홍색 고무보트 선미에서 선글라스를 쓴 코치가 지휘를 했다. 맑은 하늘에 구름이 점점이 떠 있었다. 그들은 보트 바닥의 고리에 발을 걸고, 코치의 지시대로 긴 노를 저었다. 보트의 인원 수를 맞추기 위해 5명의 삼사십 대 낯선 동호인들과 동승해 그야말로 한 배를 탄 동반자가 되었다.

보트는 물길에 몸을 맡기며 흐른다. '좌현 앞으로!', '뒤쪽 보조 맞추세욧!' 코치의 호령이 우렁차게 계곡을 울린다. 물 위에 앉은 미아는 여전히 물이 무섭다. 본과 탁의 얼굴에는 호기심이 어린다. 코치의 명령에 따라 긴 노를 다 같은 방향으로 똑같이 물길을 차며 물을 뒤집는데, 일행 중 누군가가 거북선을 연상한다. 배의 선창 구멍으로 지네 다리처럼 움직이는 수많은 노들을 휘젓는 밑

바닥 수병들의 어깨 근육과 팔뚝과 노동으로 얼룩진 땀방울들.

　수면에 보트 자국을 남기며 물길 따라 부드럽게 흘러간다. 적당한 간격을 두고서 앞뒤로 다른 보트들이 떠 있고 요란한 함성소리도 들려온다. 모든 게 사라지고 하늘 아래 오직 보트와 보트 탄 사람과 강물만 있다. 물, 수면은 그들에게 꼼짝없는 현실이 된다. 코치는 활기차게 외친다. 발을 안으로 꽉 걸고, 몸을 쭉 펴고 다 같이 눕기! 말이 떨어지자 보트 동승자들은 일제히 명령에 따르듯 보트 밖으로 몸을 내밀어 수면에 밀착하며 활처럼 시위를 당긴다. 으쌰, 하늘이 가까이 내려오고 팽팽한 활력이 솟는다. 없던 생의 의욕도 생길 판이다. 반대편의 동승자들은 생의 의욕으로 충만하다. 탁, 제리, 미아, 본의 창백한 피돌기에 물의 리듬이 흘러 들어간다. 으쌰, 하늘을 마주 보았다 몸을 굽혀 원위치로 돌아온다. 노 젓기를 멈추고 물의 흐름에 맡긴다. 보트는 흐름을 타며 빙그르 돌기도 하면서 흘러간다. 강변의 바위와 돌멩이와 초록물과 숲과 물가로 뻗어나온 뿌리줄기와 하늘이 함께한다. 두려움이나 걱정은 멀어진다. 편안함이 찾아온다. 맞은편의 동승자들은 가벼운 얘기를 주고받으며 옆 사람에게 손으로 서로 물을 튀기며 화르르 웃는다. 그들의 얼굴에는 한 점 그늘이 없어 보인다. 미아는 비로소 물의 흐름에 맡겨버리자는 생각을 한다. 코치가 갑자기 소리친다. 바로 저기 급류가 휘돌아 가니 긴장하세요. 자, 즐기세요. 일제히 한 방향으로 노를 젓다 유속에 맡긴다. 자, 2미터 앞! 저기, 급류가 아래로 떨어지죠. 낙차를 이용해 점프합니다. 잘못하면 뒤집힙니다. 배와 한 몸이 되어. 자자, 폭포 내려갑니다! 코치는 일부러 목소리에 더 힘을 실어 겁을 준다. 보트는 물결을 차고 비틀거리며 치오르는 물보라와 함께 수평으로 착지한다. 긴장과 스릴이, 물의 파동과 요동이 일행의 마음속에 굳어 있던 고형체를 일시에 풀어 버린다.

제리의 굳게 다물린 입에서 지퍼가 열리듯 가늘게 흡흡, 하는 이상한 신음 소리가 나온다.

다시 물길이 평화로워지고 보트는 자연 속에 놓인 하나의 사물이 되어 흘렀다. 강변의 모래톱이 있는 데서 보트는 멈췄다. 산기슭의 나무뿌리들이 토양을 이탈해 모래의 경계 지점까지 뻗어 나와 있었다. 물을 취하려는 뿌리들의 욕망이 사방으로 불거졌다. 숲 비탈 사이로 골을 이루어 작은 폭포가 흘러내린다. 코치는 얘기한다. 저 물을 마시면 젊어지고 물맞이를 하면 무병장수한다는 전설이 있습니다. 자, 다들 물맞을 보세요.

맞은편 팀이 먼저 바위에서 흐르는 물을 손으로 떠 마시고, 폭포 아래 가부좌를 틀어 물맞이를 한다. 코치는 안전한 바위 쪽에서 바닥이 미끄럽다며 동승자들의 몸을 꽉 잡아 지탱해 주고는 폭포 쪽으로 사람들의 얼굴을 들이대 물을 먹인다. 재미난 괴성들. 폭포 속에서 손가락으로 V 자를 그리며 사진도 찍는다. 머뭇거리며 구경하던 탁, 본, 제리, 미아도 쏟아지는 물을 몸으로 맞는다. 물의 차가움에 소름이 돋는다. 물과의 희롱을 즐기며 저마다 소리를 낸다. 제리는 억눌렀던 신음처럼 속울음 같기도 한 기이한 소리를 질렀다.

으아~ 으~아 으~아~

몇 번이나 길게. 그의 외침이 놀랍다. 그것도 고함지르듯, 짓누르던 돌무덤을 열고 나오듯 힘차게. 그는 처음으로 웃었다. 일행은 건너편 동승자로부터 감염된 듯 눈에 미소가 번진다.

보트 위에서 탁이 물로 뛰어든다. 개구리가 되어 수면을 둥그렇게 가르며 건너편으로 갔다가 왔다. 하늘을 보며 떠 있다. 본도 뛰어들어 자유형으로 물길을 가른다. 해방감이 느껴진다. 순간 미아는 양팔을 펴 얼굴을 하늘로 향하고 거꾸로 뛰어든다. 등 뒤에 닿는 물의 감촉.

미아는 몸을 뉘어 하늘을 본다. 팔과 다리를 만개한 나팔꽃처럼 펼치고서 둥둥 떠 있다. 아기도 나처럼 떠 있을까. 미아는 자신의 배를 의식한다. 구름은 고정되어 보이지만 조금씩 자리바꿈을 하고 있다.

그들이 미술관에 막 도착했을 때는 폐관 시간이 다 되어 전시장 안으로 들어갈 수 없었다.

미술관 오르막 계단에는 붓으로 물감을 찍은 듯 알록달록 그림들이 그려져 있고 입구 문 앞에는 따로 여닫게 되어 있는 반달아치형 장식 철제문이 달려 있었다. 제리는 하얀 건물 2층에 얹힌 세 개의 박공지붕을 올려다보며 다락방의 조그만 창문 같은 구멍을 유심히 보았다. 미아는 하얀 건물이라서, 여섯 개의 도화지를 끼운 듯 긴 격자식 직사각형의 창들을 여러 개 품은 하얀 건물이라서 마음에 들었다. 게다가 입구 옆 빨간 공중전화 부스와 빨간 우체통이 하얀 건물에 산뜻한 생동감을 주었다. 'mull 수채화 초대전'이라는 현수막이 입구에 걸려 있었다. 멀, 실수 실패전, 심사 숙고전, 재미있군, 마치 우리들의 모습을 암시하는 것 같군, 본은 생각했다. 벽면에는 빗물을 받아내는 홈통이 곧게 지붕에서 아래로 길게 내려왔다. 입구 위에 새겨진 초록색 동판에는 '대한민국 근대문화유산'이라는 금색 글씨가 양각으로 새겨져 있다. 홍천읍에 미술관이 있다며 가보자고 했던 탁의 제안이 나쁘지 않았다.

그들은 근대 문화유산의 정문을 통해 안으로 들어가지는 못했지만, 충분히 옛 건물의 정취를 느끼고 만졌다.

그들은 이끼 같은 세월을 통과한 벽들을 더듬으며 다들 각자의 자리에서 자신의 모난 시간과 조우했다.

본은 마음의 소리를 들었다.

입양, 파양, 재입양. 나는 입을 닫은 아이였다. 나는 아주 어릴 때 영호라는 이름으로 불렸다는 걸 기억한다. 가끔씩 어떤 여인이 나를 부르는 소리가 환청처럼 들리기 때문이다. 영오나 영효. 나를 부르는 여인의 소리가, 부드럽게 이어지지 않고 음절이 끊기듯 모호하게 들려왔다.

나는 무언가에 붙잡혀 있었다. 여기하고 맞지 않다는 생각이 내내 나를 지배했다. 근원적인 박탈감. 나는 늘 죽음을 예감했다.

제리는 말의 감옥에서 그렇게 거대하게 자기를 옥죄던 상사가 점점 작아지더니 저 멀리 길 끝으로 도망가려는 것을 느꼈다. 어떻게 산처럼 가로막던 바윗덩어리가 공깃돌처럼 작아졌는지는 모를 일이다. 이제 가볍게 돌멩이를 차버리면 될 일이었다. 옛날 군청이기도 했던 이 건물에서 내가 그의 상사가 되어 서기나 서기보였던 그를 처절하게 구박했을지도 모를 일이다. 억울한 누명을 씌우고서. 이런 생각의 전도는 어떻게 일어났는지는 모르지만 이상한 경험, 기시감이었다.

미아는 망설이다 하얀 벽면 기둥 홈 안 '느린 편지를 쓰는 공간'이라 이름 붙여진 공중전화 부스의 문을 열고 들어갔다. 부스 안에는 전화기 대신 책상 같은 선반 위에 펜과 편지지와 엽서가 놓여 있었다. 미아는 빨간 스툴에 앉아 잠시 생각에 잠기다 펜을 들고서 푸른색 줄이 쳐진 하얀 편지지 위에 글을 써나갔다.

탁은 미술관 입구로 올라오는 채색된 계단 맨 위에 앉아 마당의 잔디밭에 가지런히 놓인 디딤돌을 내려다보았다. 막힌 데가 없는 그 시선은 더 멀리로 확장되었다. 디딤돌은 하나하나 이어져 일직선으로 길게 뻗은 길로 인도했다. 탁은 마당에서 끊긴 디딤돌이 마치 마을길을 통과해 산까지 일렬로 놓인 듯한 착시를 느꼈다. 쭉 곧은길이 눈앞에 펼쳐졌다. 그 길 끝에는 그다지 높아 보이지 않은 산들이 부드럽게 포개져 있었다. 왠지 인생에 비유한다면 그 길 끝에 뭐가 있을지 알 것 같은 느낌이 들었다.

미아, 본, 제리는 자연스럽게 탁이 앉아 있는 계단 맨 위에 나란히 앉게 되었다. 그들은 막힘없이 산까지 이어진 길게 쭉 뻗은 직선 길을 바라보았다. (곧게 뻗은 길이 아니었지만, 그 길 안에는 많은 굽이를 품고 있었지만, 희한하게 다 생략되고 일직선으로만 보였다.) 시야가 맑았다. 산언저리 쪽에 구름인 듯한 안개가 희미하게 끼어 있었다. 저 길 끝까지 가보는 건 어떨까.

우리도 맛집 찾기 흉내를 내보자구요.

강원도에선 역시 메밀로 만든 음식이 아닐까요.

누군가가 자연스럽게 제안했고 누군가가 말을 받았다.

서석면 생곡리 근처에 홍천강의 발원지가 있다고 했다. 그들은 휴대폰의 내비게이션에 의지해 읍내를 빠져나와 생곡으로 가는 길로 들어섰다. 솔치재 터널을 지나 구불구불 골짜기 쪽으로 한창 깊이 올라갔다. 그들은 수정같이 맑은 개울이 흐르는 곳에 자리한 생곡의 식당에서 막국수와 두꺼운 감자전과 옥수수 막걸리로 속을 채운다. 그들은 막걸리 잔을 나누며 간간이 얘기했고, 질문했고, 웃기도 했다. 최후의 만찬이었다.

미아

나는 엄마의 집으로 들어갔다.

나를 떠났던 불행해 보이던 그가 하루에 스콜이 두 번 지나가는 아열대 지방에 있다는 소식이 건너 건너 바람 편으로 들려왔다. 불타오르는 나무와 뜨거운 말이 그의 안에 있었다. 그는 가둘 수 없는 말이었다. 나의 아기는 엄마가 거두어주었다. 세상의 말을 처음으로 맛보며 자신의 혀로 입안에 가두려고 애쓰는 류는 벌써 네 살이다.

엄마는 들판에 흐드러지게 핀 하얀 꽃들의 군락지를 지나갔다고 말했다. 나의 태몽은 흰 꽃이 피어 있는 들판이라고 말해주었다. 류의 태몽은 뭐였지. 엄마가 물었었다. 아무것도 기억나지 않아요. 꿈을 꾸지 않았어요, 나는 대답했다. 다만 초록빛 수면 위에 뿌려지던 투명한 햇빛의 눈부심만 물그림자처럼 남아 있다고 혼잣말을 했다.

그 미술관의 빨간 우체통에서 띄운 편지는 거의 한 달 뒤에 받았다. 우체통의 안내문에 적혀 있듯 매월 15일에 발송되는 편지에 서울 미아동의 주소를 적어 넣었다. 내 앞으로 보낸 편지를 읽는 나를 상상하며.

그들

편지지에는 검은 글씨로 쓰인 사실적인 문장들 외에 드러나지 않은 복합적인 삶의 비밀이 어떤 표정으로든 그려져 있으리라.

생곡 막국수, 두툼한 감자전, 옥수수막걸리, 수정 같은 개울, 헤엄치던 작은 물고기들, 물가 혹은 물속의 제각각 예쁜 돌멩이들, 참나무 밑동에 핀 말발굽버섯, 바위틈에 핀 보랏빛 도라지꽃, 현관문 앞의 고양이 가족의 다정한 놀이, 석양을 배경으로 선 키 큰 미루나무 뒤편의 띄엄띄엄 떨어진 집의 지붕들. 얕은 개울 위 석교의 난간을 낮게 날던 나방 아니면 나비. 박쥐인 듯 날개를 움츠렸다 펼치던 검은 새. 초록 나무 초록 풀……

그날 뜻하지 않은 물길의 여정은 그들을 다시 삶으로 되돌려 놓았다.

밤의 속을 파고들던 로망스의 기타 선율 때문이었는지, 급류의 흐름이 닫혔던 마음의 물길을 연 탓인지, 그들의 나이보다 오랜 세월을 견뎌낸 이끼 낀 벽들의 질감 때문인지, 아니면 곧게 뻗은 길 끝의 안개 서린 산들의 신비로움 때문인지, 이 모든 우연의 알 수 없는 사소한 무늬들이 그들의 인생에 어떻게 어울려 작용했는지는 모르지만, 하여튼 홍천강의 물길은 죽음 쪽으로 향한 물꼬를 바꾸어놓았다.

본은 혼자 홍천에 남았다가, 삼척까지 둘러보고 가겠다고 했었다.

일행이 헤어진 이틀 뒤 인터넷 뉴스에 아주 짤막한 소식이 떴는데, 삼척 근방 민박집에서 한 젊은 남자가 목맨 채로 발견되었다고 한다.

본

나는 홍천강의 다른 이름이 화양강이라는 것을 나중에 알았다.

영혼이 열린다던 가령폭포도 생각했다. 눈에 보이지 않는, 지도에
도 없는 나만의 가령폭포를 찾아 해가 지는 쪽으로 하염없이 걸어
갔다.

아, 어디서 불어오는지 근원을 모르는 이 바람이 너무 시원하다.

보이거나, 보이지 않거나

이순은 대답하지 않았다. 곧이어 상운의 말이 또 들렸다. 소리는 크나 분명하지 않은 그의 발음이 그녀, 이순한테 감겨왔다. 그 말은 형체가 희미하고 끈적한 거미줄처럼 무게감 없이 들러붙었다. 손으로 거미줄을 걷듯 이순은 얼굴을 한번 쓸어내리고는 식탁 의자에서 일어나 상운이 찾는 감춰둔 라이터를 가져다주었다. 연두색 플라스틱 라이터로 새것이었다. 라이터를 다 버리고 하나 남겨둔 것이었는데, 결국 그의 손에 넘겨졌다. 상운은 완전히 회복되지 않은 다리를 이끌며 베란다로 나갔다. 지금의 상태가 최선이고 앞으로 크게 나아질 것 같지는 않았다. 이순은 식탁에 어질러놓은 두세 개의 찢긴 약봉지를 쓰레기통에 버리고, 빈 그릇들을 치우고 남은 음식을 분리해 버렸다. 세제를 풀어 수저와 젓가락을 먼저 닦고 접시들을 수세미로 문질렀다. 물로 여러 번 헹궈내고 행주로 싱크대의 물기를 제거하고 난 뒤에야 설거지를 마무리 지었다.

상운은 천천히 담배를 태우고는 활짝 열린 창의 난간 아래로 지나가는 사람을 내려다보았다. 날은 좋았다. 오랜만의 담배가 죽어 있던 몸의 세포를 깨웠다. 첫맛은 썼으나 곧 몸은 기억했다. 몸은 회복되는 중이고, 지금의 불편함 정도는 감내할 수 있었다. 자신은 그래도 복이 많은 편이었다. 다행히 유순한 아내를 만나 지금껏 별 탈 없이 살아왔다. 삼 년 전 부자유를 겪은 조금 큰 사고 외에는. 아내는 크게 힘든 내색 없이 다소 긴 병원 생활도, 재활치료도 잘 견뎌주었다. 상운은 올망졸망 모여 있는 식물들에게 시선을 주었다. 햇빛이 시원하게 통과하지 못하고 그늘져 있었다. 상운은 반쯤 닫힌 블라인드를 완전히 올려 열어두었다.

식탁에 블랙커피가 흰 잔, 검은 잔에 담겨 놓여 있다. 상운이 검은 머그컵을 들며 흰 잔을 쥐고 베란다 쪽으로 나가는 이순에게 여기서 같이 마시지, 하며 권했다. 이순은 당연하다는 듯 베란다의 작은 다탁과 의자 하나가 놓인 곳으로 갔다. 상운이 흙만 남은 빈 화분에 꽁초를 박아 놓았다. 주위에 가루가 지저분했다. 이순은 의자에서 다급히 일어나 모종삽으로 꽁초가 있는 부분의 흙을 파 올렸다. 미간에 없던 골이 파인 그녀는 흙을 검은 비닐봉지에 넣고 입구를 단단히 묶어 쓰레기봉투에 버렸다. 이순은 다탁 앞에 앉았다. 루비가 새끼손톱보다 작은 노란 꽃을 피우고 있었다. 둥글고 도톰한 잎이 탄력 있게 반짝였다. 고만고만하게 키를 다투는 크지 않은 식물들이 싱싱하게 연초록으로 빛났다. 그녀가 가꾸는 작은 정원이었다. 담배 연기는 정말 안 좋아. 이순은 식물에게 하듯 말을 건넸다. 그녀는 잔을 들어 커피를 마시려다 햇빛이 너무 강하다는 생각을 했다. 작은 몸체를 가진 다육이와 길거나 둥근 푸른 잎들이 적나라하게 빛을 빨아들이고 있었다. 식물에게 닿는 빛이 너무 강했다. 이순은 일어나 상운이 확 젖혀둔 블라인드 주렴을 반 개폐로 닫았다. 이순은 비로소 자리에 제대로 앉아 깊게 호흡을 했다. 마침내 식은 커피를 천천히 마신다. 커피 한 잔을 두고 그녀는 망연히 앉아 있었다. 짧거나 아주 긴 강물의 시간이 흘렀다. 낮은 산이 있었다. 나지막한 언덕 같은 산은 연한 분홍빛을 띠었다. 아이는 진달래를 꺾었다. 참꽃이라고도 불렀는데. 꽃을 따 먹기도 하고 소쿠리에 따서 집에 가져가면 엄마가 화전도 부쳐주었다. 아슴한 기억이 시간의 강물에서 풀려 나왔다. 그때 뻐꾸기도 울었던가. 이순은 뻐꾸기 소리를 아주 가까이에서 들은 것 같았다. 그녀는 깜박, 시간을 거슬러 갔다가 빠져나와 차갑게 식은 커피를 마저 마셨다. 그녀는 연하디연한 미니벤자민 잎이 빛과 어울려 노는 게 어여뻤다. 그녀는 정원 쪽으로 가 쪼그리고 앉았다. 손가락으로 피아노 건반 만지듯 잎을 두르르르 훑었다. 잎과 잎 사이에 손을 갖다 대고 손가락들을 활짝 펼쳐보았다. 손등 위에 빛 무늬가 어룽댔다. 투명해졌다.

식물들로부터 외따로 떨어진 짙은 초록빛의 줄기와 잎은 잘도 자라났다. 전에 세탁실의 저장 박스에 있던 일부 썩은 감자 두어 개를, 흙만 있는 길쭉한 화분에 버리다시피 두었는데, 거기서 뿌리를 내려 맹렬하게 싹이 올라왔다. 처음엔 그냥 올라오는구나 했는데, 아주 질기게 무럭무럭 올라왔다. 주위와 조화롭지도 않은데 그냥 뽑아버릴까 하고 손을 대었다가 자라려는 의지에 그만 손을 놓아버렸다. 저 새파란 고집을 어찌 꺾는담.

이순은 커피 잔을 들고 거실로 들어갔다. 상운은 없다. 식탁에 커피 흔적이 남은 잔만 있다. 이순은 두 개의 커피 잔을 모아 들고 개수대에서 바로 씻어 식기대에 엎었다. 상운은 딸이 쓰던 방 모니터 앞에 붙어 앉아 뉴스를 검색하고 있다. 이순은 상운이 무시로 드나드는 딸 방으로 들어가고 싶지는 않았다. 열린 문으로 상운의 등을 보며 저 정도로 회복된 게 어딘가 싶었다. 완전히 그녀한테 의지해 그의 팔다리로 살아야 했던 날에 비하면 다행이었다. 운이 좋았다. 이순은 상운의 다시 단단해진 등을 보고 벽을 본다.

이순은 다용도실에 딸린 작은 방으로 가서 몸을 뉘었다. 허리, 어깨, 무릎, 손목 관절이 전 같지 않았다. 베트남에서 사 온 라텍스 매트가 맞춤으로 자신의 몸에 맞춰주었다. 상운과 처음으로 해외여행을 가서 사 온 것이었다. 한국에 더 좋은 게 널렸는데, 하필 그런 걸 산다고 안 좋은 소리를 들었지만 이상하게 고집을 부리고 싶었다. 깊이 잠들지 못했던 이순은 잠자리만이라도 편하고 싶었다. 한때 유행처럼 인기가 있었지만 발암물질이 들어 있다고 매체에서 떠드는 바람에 사람들은 버린다고 난리 법석을 떨었다. 그러나 이순은 매트와 베개가 자기 몸을 잘 기억했으므로 버리고 싶지 않았다. 다디단 잠이 필요했다. 잠의 숲. 요즘은 부쩍 눈곱이 끼고 침침했다. 이순은 겉주머니에서 일회용 인공 눈물을 꺼내 스포이트처럼 흘려 넣었다. 눈을 깜박였다. 모든 것이 건조해질 나이였다. 눈도 입술도 입속의 점막도 피부도 몸도. 게다가 갈라진 뒤꿈치처럼 보이지 않는 마음도 돌봄이 필요했다. 마음에도 촉촉하게 적셔줄 인공 눈물이 있었으면 좋겠다고 생각한다.

이순은 가슴 한가운데에 양손을 가만히 얹고 심장 소리를 느꼈다. 미약하게 뛰는 게 병아리 심장 같았다. 아주 오래전 세상과 마주한 지 얼마 안 된 병아리의 보드라운 털 속에 숨겨진 작은 심장을 느꼈었다. 놀란 새가슴이란 말도 떠올렸다. 막 가슴이 봉긋할 무렵, 모처럼 같이 시내로 나간 공중목욕탕에서 육촌 언니가 이순의 쇄골 아래를 보며 말했다. 새가슴이 부정적 이미지란 걸 어렴풋이 눈치로 알았다. 언니의 가슴은 쇄골 아래와 분명히 구분되어 볼록하게 솟아 있어 성숙한 여인의 냄새를 풍겼다. 새가슴, 그래서 그런지 이순은 쉽게 잘 놀랬다. 새가 정말 잘 놀라는지 알 수 없지만. 작은 심장이라는 뜻이겠지. 이순은 몸을 오른쪽으로 모로 세워 베개를 빼고 팔베개를 했다. 이 자세가 편했다. 강물 소리를 들은 것 같았다. 잠시 잠이 들었나, 아지랑이가 너울너울 희미하게 올라갔다. 기차가 뜸하게 지나가는 철길의 끝은 보이지 않고,

멀리 터널을 향해 있었다. 기다랗게 뻗은 길은 날카로운 빛을 세우고 있었다. 침목 사이의 희거나 잿빛이거나 검은 돌들은 열기를 뿜었다. 아이는 한쪽 철로선에 올라 양팔을 벌리고 맨발로 평균대처럼 균형을 잡고 걸었다. 발바닥이 따가우면 다시 신발을 신었다. 한 발을 뒤로 들어올리고 양팔을 벌렸다. 분명 코마네치를 연상했다. 언니 집 텔레비전에서 본 체조 선수 코마네치. 이순은 날렵한 작은 소녀가 펼치는 동작을 홀려서 보았다. 후투티. 후투티 소리를 들은 것 같았다. 소녀가 팔을 펼쳐 다리를 쭉 뻗거나 뛰어오르며 회전할 때면 후투티, 후투티. 나무 구멍에서 고개를 내밀고 홋홋거리며 웃던, 왕관 쓴 새. 나디아라는 이름을 가진 미소년 같은 아이. 이순은 나디아라는 이름까지 안 자신이 대견했다. 반 친구들은 나디아라는 이름까지는 알지 못했다. 이순은 팔이 저려 머리 밑에서 팔을 뺐다. 아지랑이 들판에서 멀어졌다. 요즘 밑도 끝도 없이 꿈인지 회상인지 모를 장면을 자주 봤다.

물과 약 좀 가져와.

이순은 잠결인 듯 웅얼거리는 그 말을 못 들은 척했다. 조금 있다 톤이 커진 상운의 목소리가 안방을 넘어 거실을 거쳐 구석방까지 또렷하게 침범했다. 모른 척하기 전에 몸이 먼저 일어나졌다. 이순은 냉장고 옆 전자레인지 선반 위에 놓아둔 서로 다른 영양제 약통에서 색이 각각인 약들을 꺼내 물과 함께 방으로 갔다. 상운은 주식 창을 열어 놓고 몰두해 있었다. 약을 상운 앞에 내밀었다. 상운은 이순을 보지도 않고 손만 내밀어 약과 물을 받아 삼켰다. 이순은 언제나 변함없는 상운의 뒤통수를 보았다. 예기치 않은 사고 때문에 좀 더 앞당겨 퇴직했지만, 치료에 쓰고 남은 보상금이 있었고, 연금이 나왔다. 상운이 그녀 모르게 주식에 얼마 투자했는지는 모르지만, 이순은 크게 관심이 없었다. 돈의 흐름이 그래프로 오르락내리락하는 주식 자체도 흥미가 없었지만 자기와는 상관없는 일이고, 그냥 장난감 놀이하는 거라고 생각했다. 이제 세상의 널뛰듯 하는 고저장단에 맞추느라 헐떡이며 좇고 싶지 않았다.

상운은 규칙적으로 오전 11시와 오후 7시에 약을 먹었다. 하루 두 번이라고 했지 시간이 정해진 것도 아닌데, 꼭 그렇게 했다. 복합비타민과 보조 영양제였다. 밥 먹고 다른 약을 먹을 때 같이 먹으면 좋을 텐데, 꼭 그렇게 했다. 영양제는 진통제나 소염제, 혈압약 같은 기타 치료약과 같이 먹으면 효과가 없다고 상운은 믿었다. 이순도 작년부터 혈압약을 먹기 시작했다. 약에 적응하기 싫었지만 약의 단위가 지금 단계에서 더 이상 높아지지 않게 꾸준히 먹으려고 했다. 아직까지는 요즘 부쩍 먹게 되는 소화제 외에는 기타 다른 약들은 먹지 않았다. 허리나 어깨 아픈 건 파스로 대신했다. 여성호르몬제를 먹어야 한다고 주위에서 말을 했지만 먹고 싶지 않았다. 호르몬에 의해 감정이 변덕을 부리는 것을 허용하고 싶지 않았다. 나이 들어가면서 여성성이 너무 승한 것도 바람직하지 않다고 생각했다. 몇십 년 동안 여성성을 가지고서 성 역할을 충실히 해왔는데, 이제는 거기서 놓여나고 싶었다. 중립성의 의미로 이도 저도 아닌 중성이 된다면 더 좋은 현상이라고 생각했다. 이제는 한쪽으로 치우지지 않는 균형을 잡아야 할 나이가 아닌가. 이순은 상운의 등을 보며 방문을 닫았다.

갑자기 맥이 풀리며 이순은 어디로 가야 할지 방향을 잃었다. 넓지도 않은 공간에서 갈 곳이 없다. 이보다 넓은 공간이라 하더라도 마찬가지일 것이다. 이순은 두리번거리다 거의 언제나처럼 식탁 앞으로 가 앉았다. 작은방에 누우면 대낮부터 꿈인지 생인지 혼몽 중에 놓일 것이었다. 주방의 조그만 직사각형 창으로 들어오는 빛을 바라보았다. 멍하니……. 백화현상처럼 눈앞이 투명해졌다. 이순은 눈을 깜박여 강물에 떠밀려가는 자신을 간신히 붙잡았다. 이순은 조끼 주머니에서 무언가를 꺼내 테이블 위에 놓았다. 이순은 내려다보다 그것을 만지작거리며 앞뒤로 돌려가며 뒤집었다. 그것은 붉게 바랜 오백 원짜리 동전이었다. 얼마 전 추석 때 타지에서 직장 생활을 하는 딸이 내려왔는데, 연휴가 길어 큰집에서 제사를 지내고 와도 시간 여유가 많았다. 딸이 드라이브시켜주겠다며 적극적으로 밀어붙여 바닷가로 갔다. 불안정했지만 상운은 지팡이를 짚고 걸을 수 있었다. 화창한 여름날 같았다. 바다는 여느 때와 달리 사람이 많지 않았다. 그래도 수면 위로 요트가 떠 있거나 서핑보드를 타는 검은 물개 같은 무리들이 파도를 즐기고 있었다. 햇빛이 따가웠지만 바람 하나 없었다. 딸아이는 잠수복 같은 수영복을 입고 물속으로 들어갔다. 이순에게 들어가자고 권했지만 이순은 웃으며 고개를 흔들었다. 수영도 못하지만 파도치는 물이 무서웠다. 해 아래 혼자서 수영을 하며 이순에게 손을 흔드는 딸의 젊음이 싱싱했다. 늘 사무실 안에서 생활하는 딸이라, 낮에 보는 얼굴이 파리해서 안쓰러웠는데 건강한 구릿빛으로 피부를 태우라고 응원했다. 호기심 많은 남편은 어디로 갔는지 보이지 않았다. 파라솔 아래 돗자리에 앉아 있던 이순은 파도치는 쪽으로 갔다가, 급하게 파도가 넘어와 발목을 적시는 바람에 놀라서 물러 나왔다. 이순은 앉아서 망연히 하늘과 구름과 멀리 수평선을 바라보았다. 문득 발목에 젖은 모래를 털어내며 신발을 벗어 맨발을 내밀었다. 따끈한 모래의 감촉이 발바닥에 느껴졌다. 발가락들이 저마다 자신의 얼굴을 내밀었다. 집 안이 아닌 곳에서는 늘 감춰져 있는 발가락들이 해를 볼 일이 있겠는가. 역사적인 사건인데, 서로 햇빛을 쐬려고 구멍에서 얼굴을 내미는 두더지 같았다. 이순은 발가락 낱낱을 떼어 움직여주었다. 너희를 덩어리가 아닌 개별적 인격체로 존중할게. 이순은 너른 모래밭을 보며 금속탐지기를 생각했다. 오래전 바다에 놀러 나온 사람들의 흔적이 모래속에 숨어 있을 거라는 생각이 들었다. 반지, 목걸이, 핀, 단추 같은 거 외에 생각지 못한 것들도 나올 수 있지 않을까. 모래를 새로덮어 백사장을 판판하게 넓히고 골랐는데 그 아래 몇십 년, 아니, 그 이전의 시간에서 흘린 것들이 있지 않을까. 이순은 일어나서 작은 조개껍데기나 색이 예쁜 닳아진 유리 조각이나 돌멩이를 찾았다. 그러다 이순은 붉은 딱지 같은 동그란 것을 주웠다. 붉은색 더께 위로 숫자가 희미하게 드러났다. 이순은 그것을 들어 햇빛에 비추고 수건으로 닦았다.

생각보다 물이 따뜻해. 물속이 따뜻해서 편안해.

물에 흠뻑 젖어 해방감으로 가벼워진 딸이 말했다. 이순은 딸에게 동전을 보여줬다.

색깔이 특이하네, 오, 오래 되었네. 나 태어나기 전이네. 어떻게 엄마한테 발견되었지.

이순은 동전을 모래밭에 도로 묻어둘까 하다 가지고 왔다. 붉은 부스럼딱지를 앓는 것 같은 빛바랜 붉은색 동전의 앞뒤를 치약으로 닦았지만, 조금 옅어지는 듯했으나 붉은 녹 같은 덮개는 완전히 벗겨지지 않았다.

1983. 동전은 사십여 년의 세월을 견뎠다. 모래밭에 떨어진 건 언제쯤일까. 이순은 동전을 살핀다. 붉은 새가 날개를 펼치고서 계속 날아가고 있었다. 새는 어디로 가는지 알고 있을까. 이순의 눈엔 학이 아니라 다른 종의 붉은 새로 보였다. 동전의 숫자를 보았다. 그때 난 어디에 있었을까. 여러 겹이 붙은 사진첩처럼 지난 시간은 한 덩어리로 구분할 수 없었다. 낱개로 펼칠 수 없는 덩어리 같은 시간.

이순은 동전을 만지작거리다 주머니에 넣고 점심 준비를 하려고 일어섰다. 두붓국을 데우고 신선한 채소를 씻고 조기를 구웠다. 상운은 생선 굽는 냄새에 이끌려 밖으로 나왔다. 상운의 절망적인 몸 상태에서 이제 살 만하겠다, 살겠다고 이순이 느낀 건 상운의 미각이 돌아왔다는 걸 알았을 때였다. 상운은 식탁에 앉아 숟가락을 들었다. 국을 먼저 뜨고 밥 한 술을 떴다. 시금치나물도 먹고 도라지무침도 집었다. 저리 식욕이 활발하다는 건 생의 의지가 강하다는 뜻일 게다. 이순은 상운이 젓가락으로 어설프게 생선 껍질을 뜯고 있는 접시에 손을 가져가 잔가시를 발라내고 흰 살을 상운의 밥 위에 얹어주었다. 그는 노릇하게 구운 생선, 그중에서 조기를 제일 좋아했다. 짭조름한 굴비를 더 높게 치지만, 그건 너무 비싸서 예전처럼 쉽게 먹을 수는 없었다. 어머니의 굴비를 그리워하며 상운이 병실에서 입맛을 다실 때 집에 오자마자 굴비를 구워서 상운의 입맛을 만족시켰다. 요즘에는 아주 가끔 보리굴비를 잘한다는 식당을 찾아 외식을 하기도 했다.

당신도 먹지. 상운은 한마디 한다. 나는 당신이 먹는 거만 봐도 배불러. 이순의 대답에 상운은 몹시 흡족하다. 휴대폰의 카톡 소리에 상운이 밥을 먹다 말고 옆에 놔둔 휴대폰을 봤다. 그러다 이맛살을 찌푸린다. 츱, 경식이 알지, 37기 동기. 허, 얼마 전에 이혼했다네. 요즘 모임에 잘 안 나타난다고 형길이 전에 그러던데. 우리 나이에 혼자 살기 힘들 텐데. 거참 웬만하면 참고 살지. 이순은 한마디 거든다. 헤어질 땐 남이 모르는 그만한 이유가 있겠지. 남의 속을 어찌 속속들이 알겠어요. 상운은 이순의 말에 아랑곳하지 않고 말한다. 말년에 홀아비 되는 건 비극이다 못해 참극이야, 참극. 그렇다고 재산이 많은 것도 아니고. 상운은 다시 한번 혀를 차더니 자신의 처지와 비교되었는지 슬쩍 미소를 떠올린다. 다들 나보고 처복이 많다고 부러워해. 내 주위에 혼자된 놈들이 좀 있거든. 당신보고 천사라고. 말년일수록 오순도순 의지해 사는 게 최고지. 이순은 의자에서 일어나 생선 가시와 찌꺼기 모은 것을 음식물 쓰레기통에 버린다. 이순은 상운의 말을 놓친다. 아니 상운의 말을 주워 담고 싶지 않다.

상운은 오랜만에 외출을 했다. 밖으로 나온 데는 목적이 있었다. 아들과 함께 정비소를 운영하는 친구한테 가는 김에 주차장에 오래 세워둔 차를 점검받을 생각이었다. 이순이 어린 딸을 키울 때 운전면허증을 따긴 했지만, 한번 사람을 칠 뻔한 사고를 겪고는 거의 운전대를 잡지 않았다. 가까운 병원을 갈 때는 상운의 도우미로 어쩔 수 없이 기사 노릇을 해야 했지만 운전을 즐기지는 않았다. 뭐든 자주 사용해야 제 기능을 잃어버리지 않는다. 상운은 이제 슬슬 운전도 해볼 생각이었다. 상운이 차를 몰고 나오는데 이순의 기운 없는 모습이 자꾸 걸렸다. 요즘 구석방에 자주 모로 누워 있거나 상운의 시선을 피한다는 생각이 들었다. 생기가 없어 보였다. 자신 때문에 고생을 많이 한 건 상운도 알았다. 이순의 수고로움에 제대로 고맙다는 표현을 한 적이 없었다. 뭐라도 표현을 하고 싶은데 입이 잘 떨어지지 않았다. 꽃바구니를 사갈까. 아내가 무슨 꽃을 좋아했더라. 베란다에서 피는 꽃도 많은데, 그건 아니다. 또 꽃을 내미는 건 몹시 어색하고 낯간지러웠다. 자동차를 손보는 동안 상운은 사무실 소파에서 일어나 주위를 살폈다. 건너편 가게가 상운의 눈에 들어왔다.

외출해서 돌아온 상운이 뭔가를 안고 들어왔다. 거실 바닥에 네모 상자를 내려놓자마자 호흡을 가쁘게 쉬며 물 좀 달라고 했다. 이순은 정수기의 물을 받아 갖다주며 이게 뭐냐고 물었다. 상운은 물을 마시고는 상자의 공기포장지를 뜯었다. 아담한 크기의 수족관이 나왔다. 상운은 들떠 있었다. 이걸 어디에 놓으면 좋을까. 일단 자리를 잘 잡아야지. 강한 햇빛은 안 좋으니 거실은 그렇고 여기저기 언급하더니, 결국 안방의 문갑 위에 놓기로 했다.

바깥바람이 차서 그런지 목이 안 좋아. 대추생강차 있지. 그거 뜨겁게 해서 줘.

상운은 욕실과 정수기, 베란다를 부지런히 왔다 갔다 하더니 조그만 수조에 산소조절기까지 해서 어항을 만들었다. 마지막으로 봉지 속의 물고기를 풀어놓고는 상운은 만족스러워했다. 상운은 이순을 불렀다. 와서 보라고, 근사하지 않아! 이순은 수족관을 보았다. 산소기에서 기포가 올라가고 연푸른 조명등이 켜져 있었다. 세상에나 새로운 곳에 적응하려면 물고기한테도 시간이 필요할 텐데. 그사이를 참지 못하고 물에 풀어놓았다. 물속을 블루베리빛 물체 하나가 이리저리 더디게 움직였다. 이순한테는 두리번거리는 것으로 보였다. 생전 처음 보는 종류였다. 이게 뭐예요. 하프문베타라고 관상용 물고기야. 하프문베타? 반달이라는 뜻인가. 꼬리지느러미를 휘젓는데 참 아름다웠다. 몸빛도 어두운 블루빛으로 보석 같은데, 쥐눈이콩만 한 작은 머리와 몸통에 달린 지느러미는 꼬리와 같이 거의 몸 전체를 차지해 캉캉치마처럼, 스

페인 무용수의 드레스 자락처럼 길고 우아했다. 마치 인어가 러플이 달린 드레스를 입은 것처럼, 주름 잡힌 치마폭은 몸에 비해 넓고 길고 풍성했다. 하프문베타는 물속을 혼자 우아하게 드레스를 펄럭이며 움직였다. 드레스는 윤기가 흘렀다. 그에 비해 주변은 황량했다. 바닥에 깔린 흰 돌 몇 개와 그 사이에 뻣뻣한 수초가 있었다. 이상하고 어색했다. 진짜 살아 있는 수초가 아니라 식물 모양을 한 연두색과 주홍의 플라스틱이었다. 진짜 수초를 넣지, 너무 안 어울리고 이상해. 이순의 말에, 이게 안 변하고 오래 가잖아. 상운은 바꿀 뜻이 없어 보였다. 이왕 살 거면 한 마리 더 사지. 너무 외로워 보여. 쟤는 혼자 있는 걸 좋아한대. 둘이 있으면 한 마리가 죽을 때까지 싸운대. 이순은 상운의 말이 믿기 어려웠다. 상운은 모이통에서 좁쌀보다 작은 알갱이를 몇 개 떨어뜨려 주었다. 이순은 하프문이 아름답다고 생각했지만, 혼자 말을 하고, 혼자 밥 먹고, 혼자 물속을 돌아다니고, 쓸쓸할 것 같았다. 물결 치는 지느러미는 자연스럽고 당당했다. 외롭다고 보는 건 이순의 관점이었다. 인공 수초 때문인지 물속인데도 건조한 사막처럼 느껴졌다.

　상운은 결국 말하지 못했다. 타이밍을 놓치니 속마음을 꺼내는 게 더 어려웠다. 정작 이순이 좋아할 거 같아서 사왔다는 말은 하지 못했다. 흔히 보던 물고기들은 평범하고 눈에 들어오지 않았다. 이순에게 특별한 걸 선물하고 싶었다.

상운이 함부로 꽃나무에 물을 주었다. 물을 너무 줘서 화분 하나는 물이 빠지지 않아 흙 위로 물이 흥건했다. 막 꽃이 피려고 둥근 머리 위로 봉오리가 붉게 고사리순처럼 말려 있었는데. 물은 내가 줄 테니까 제발 가만히 있어요. 애들을 잘 알지도 못하면서. 속상했지만 이순은 거기까지 하고 입을 다물었다. 상운이 식물 하나하나의 성질을 모르면서 자기 내키는 대로 물을 줘버렸다. 햇빛이 뜨겁길래 쟤들이 목말라 하는 것 같았거든. 상운은 슬쩍 꼬리를 내렸다. 이순은 활짝 젖혀진 블라인드를 다시 내렸다.

이순은 다탁 앞에 앉아 식물들을 바라보았다. 언제 저리 많이 모였나 싶을 정도로 제법 정원 꼴을 갖추었다. 작으나 컸다. 상운과 소통이 되지 않아 답답할 때마다 하나하나 사들인 화분이 작은 숲을 이루었다. 마른 헝겊으로 닦아준 잎들은 싱싱하고 정갈하게 반짝였다.

어쩌다 물만 줄 뿐인 감자 줄기는 위로 굵고 곧게 서 있고, 잎들을 옆으로 넓게 펼치며 어두운 초록빛으로 자라났다. 영역을 굳히며 자신들의 세계를 완성하고 있었다. 감자는 생명력이 왕성하구나. 주위의 식물들로 뻗치길래 일부러 다른 화분들 무리에서 거리를 두고 떨어뜨려 놓았는데도 거침없었다.

베란다에서는 식물들이 자신들의 시간을 보내고 안방에서는 물고기가 자신의 시간을 유영하고 있었다. 이순은 커피를 마시면서 붉은 동전을 꺼내 이리저리 살폈다. 왜 이 동전을 버리지 못하고 지니고 있는지 몰랐다. 1983. 1980년대 그 여름으로 묶는다면…… 기억의 재생도 가능할 것이다. 시간의 몸체에서 떨어진 비늘 같은 것이지만…… 그 어름쯤에 강이 있었다. 하구의 끝에 다다른 또 하나의 강줄기가. 강물이 시간의 지류에서 바다로 흘러들어 어느 해변에 도착했다. 이순은 엉덩이의 모래를 털고 구두 안의 모래를 털다 미처 일어나지 못한 그한테 쏠리며 몸이 기울었다. 그때 바다는 황금빛 모래로 넘쳐났고 카페나 상점의 불빛이 지금처럼 번창하고 화려하지 않아 한적한 해변의 밤답게 어두웠다. 검은 수면 위에 떠 있는 선박의 불빛 몇 점이 멀리서 깜박였나. 그가 넘어지는 이순을 받쳐주다 기습적으로 키스를 했다. 키스는 자연스럽게 받아들였다. 그의 손가락이 그녀의 블라우스 앞섶으로 파고들었다. 그녀는 순간 움츠러들며 블라우스 옷깃을 꽉 잡았다. 그녀의 납작한 가슴이 저항을 하며 그의 손을 막았다. 짧은 실랑이가 있었고 그는 몇 초의 간격을 두고 가슴의 공략을 멈추었다. 그러면서도 그가 거절에 상처받지 않았을까, 가슴이 작아서 실망했을 거라는 생각, 머리 빈 애들이 가슴이 큰 거야, 하던 엄마의 말이 갑옷이 되지 못한다는 생각을 그녀는 동시에 했다. 어느 결에 앞섶의 단추 하나가 뜯겨 있었다. 진주 빛깔인 동그란 단추는 밤의 숨결 속으로 떨어져 모래 위 조가비와 가뭇없이 섞여들었다. 벌어진 앞섶을 여미고 어떻게 그 시간을 빠져나왔는지 기억에는 없다. 아마 그가 건넨 노트나 책, 핀으로 가렸는지도 모르겠다. 단추는 그 밤의 백사장에서 시간의 두께를 키워가며 화석이 되어 묻혀 있거나, 지금의 그녀에게 발견된 붉은 동전처럼 누군가의 손에 한 번쯤 쥐어졌는지도 모른다. 밤의 모래 속에는 많은 것들이 반짝임을 잃고서 침묵하고 있으리라.

동전은 톡톡 튀며 다른 시간 속으로 굴러간다.

아치형 붉은 돌벽 관문이 있었다. 초록색 비로드 같은 이끼는 돌벽 사이사이에 검게 자리 잡았다. 그 아래로 지나가면 불이 켜졌다가 꺼지곤 했다. 낮에도 나무와 식물들의 그림자로 어둑한 뒤뜰이었다. 신기했다. 그때도 센서 등이 있었나. 지금 생각해 보면 그건 어떤 강력한 자석이 장치되어, 자기장의 힘으로 불이 켜지는 게 아니었는지 짐작할 뿐이다. 그러니까 모든 사람한테 불이 켜지는 게 아니라, 음과 양의 극이 강하게 이끌 때만 불이 반짝하고 켜졌다는 것? 앞의 큰 정원에는 대문으로 이어지는 디딤돌과 석등이 있고, 나무와 이끼가 무성했던 유서 깊은 냄새가 밴 고택. 뒤뜰의 축축한 흙을 밟으며 검은 구두를 신고 걸어오던 소리가 있었다. 발자국 소리와 무릎 아래의 정장 바지와 구두만 보인다.

서로의 심장에도 반짝하고 불이 켜지던 순간이 있었다.

검은색 정장을 입은 그가 하얀 장갑 낀 손을 그녀에게 내밀었다. 그녀는 그의 손을 잡고 결혼이라는 아치형 관문을 함께 통과했다.

붉은 새가 시간의 꼬리를 물고서 강 저편으로 날아간다.

추워. 모닥불 주위로 큰 원을 그리며 사람들이 둥그렇게 앉아 있다. 숲속은 바깥의 초여름 날씨와 달리 밤이 되자 기온이 뚝 떨어졌다. 얇은 옷을 입고 있던 사람들은 당황했다. 두꺼운 옷을 준비하지 못한 그의 직장 동료들과 딸린 가족들은 젖은 물기 같은 한기에도 단체 야유회 자리를 벗어나지 못했다. 가운데의 모닥불은 멀고 등 뒤는 시렸다. 서열별 상사들의 연설은 지루하게 이어졌다. 중간에 요령 있게 빠져나온 몇몇 직원들은 자신의 가족에게 숙소에 비치된 담요를 가져다주거나 자신의 옷을 벗어주었다. 담요 수가 턱없이 모자랐고 그는 담요나 그런 것들을 쟁취하지 못했다. 이순도 추웠지만 그도 마찬가지일 것 같아 겉으로는 티를 내지 않으려고 애를 썼다. 그가 먼저 그녀에게 점퍼를 벗어준다면, 참을 수 있다고 말할 생각이었다. 그런데 그는 그의 우측 바로 옆 다정하게 보이는 여직원의 어깨에 자기의 점퍼를 벗어 걸쳐주었다. 바로 그의 옆 좌측의 아내는 이빨을 부딪치며 떨고 있는데. 무참하게 떨고 있는데…… 순간 주위의 미묘한 시선들이 그녀에게로 쏠렸다. 옆으로 비끼듯 은근슬쩍, 그러나 짐작한다는 듯 적나라한 눈빛을 숨기지 않으며, 그녀를 더 절벽으로 밀어버렸다.

춤추는 밤의 모닥불과 등 뒤의 싸늘한 그림자가 동전의 양면처럼 오버랩되었다. 후투티, 후투티. 새는 나무 구멍 속에서 나오지 않았다.

탁자 위에서 비틀거리며 돌던 동전은 멈추었다. 이순은 본래의 바탕색을 잃은 붉은 동전을 내려다보았다.

이순을 부르는 상운의 소리를 두어 번 놓치고는 안방으로 갔다.

허, 감자를 왜 이리 차별해. 힘이 없어 쓰러지는 거 안 보여.

베란다로 나간 상운은 기운 없이 옆으로 늘어진 감자 줄기를 발견하곤 피우려던 담배를 다탁 위에 두고 화분 앞에 앉았다. 지지대가 필요한데, 적당한 게 보이지 않았다. 할 수 없이 상운은 이순을 불러 나무젓가락이나 막대 같은 걸 찾아보라고 했다. 굼뜨게 이순이 작은방에서 나와 나무젓가락 몇 개를 가져왔다. 상운이 젓가락을 이어 세우려 했으나 힘이 없었다. 결국 상운이 공구 선반함을 뒤져 부드러운 가는 철사로 줄기와 잎을 느슨하게 묶어 벽에 고정시켰다. 상운은 안심하는 표정으로 말했다. 세 보여도 겉만 그렇지 지지대로 받쳐줘야 해.

몸이 좋아진 대로 상운은 그동안의 칩거를 보상하듯 외출이 많아졌다. 한동안 끊겼던 동창과의 모임에도 가고, 바쁘게 다니고 싶어 했다. 현관 앞에서 상운은 지팡이를 두고 갈까 말까 망설였다. 이순은 가져가는 게 좋겠다고 말하며 지팡이를 건네주었다. 상운은 염려 마, 하더니 용감하게 지팡이를 두고 갔다. 베란다에서 내려다본, 주차장으로 가는 상운의 걸음걸이는 불안정하게 기울어 흔들렸다.

치마물고기의 동작이 둔하고 활발하지 않았다. 며칠 활기에 차서 돌아다녔는데. 심지어 아래로 내려가는 듯하더니 중간에서 움직이지 않고 가만히 있었다. 이순은 수조 유리벽을 톡톡 쳐봤다. 그제서야 느리게 움직였다. 아무래도 환경이 맞지 않는 게 아닐까 걱정되었다. 왠지 플라스틱 때문인 것 같았다. 플라스틱에 무슨 친밀감이 생길까. 플라스틱 모형을 뽑고 살아 있는 수생식물을 넣어주고 싶었다. 상운이 나가기 전 사 올 수 있으면 사 오라고 했지만, 상운이 이순의 말을 새겨듣지 않은 것 같았다. 상운이 며칠은 정성을 쏟으며 마음을 쓰더니, 방치하는 느낌이 들었다. 혹시 밥이 부족한가 싶어 이순은 모이통을 열어 서너 알 수족관에 떨어뜨려 주었다.

　이순은 상운의 컴퓨터 앞에 앉았다. 먼저 하프문베타를 찾아보았다. 베타의 종류는 다양했다. 습성과 키우는 방법을 제대로 알아야 할 것 같았다. 두 마리가 죽을 때까지 싸운다는 상운의 말은 맞았다. 왜 이리 사나운 애를 데려왔을까, 이순은 상운이 이해가 되지 않았다.

　생물학자나 사진작가 같은 전문가뿐만 아니라 비전문가지만 자연생태에 관심 있는 사람들이 의외로 많다는 걸 알고 놀랐다. 뜸부기도 찾고 뻐꾸기 소리도 듣고 후투티도 보았다. 오랜만에 접한 소리들은 바로 머리 위 높은 나무꼭대기에서 들려오는 것처럼 생생하게 이순을 아득한 어느 지점으로 데려다 놓았다. 철로 위에 한 발로 서 있는 소녀를 보았다. 후투티, 후투티.

　동영상 속 새들은 무리 지어 아무런 의심 없이 날다 고층 빌딩 유리벽에 부딪쳐 떨어졌다. 혼자든 무리 지어 날든 수도 없이 떨어져 도심 가운데 콘크리트 바닥에 널브러졌다. 투명하게 반사되는 검은 유리 건물은 똑같이 하늘과 구름과 그 모든 것을 담고 있었다. 모든 풍경을 빨아들였다. 유리벽 아래는 새들의 잔해로 가득했다. 목이 꺾이거나 눈동자가 일자로 접힌 채 노랗거나 파란 예쁜 색들이 짓뭉개져 있었다. 이순의 심장이 빨리 뛰고 호흡이 가빠졌다. 이순은 흐느끼며 울었다.

이순은 상운이 천천히 오래 씹어 넘기는 것을 보았다. 이빨과 음식이 마찰하는 소리가 들렸다. 전에는 음식도 후루룩 마시듯이 빨리 먹었는데, 사고가 난 뒤로 상운의 식습관이 바뀌었다. 자신의 몸을 생각해서 의도적으로 오래 천천히 먹었다. 상운이 생선 접시 위에서 서투른 젓가락질을 했다. 이순은 접시를 가져와 조기의 등을 뒤집어 옆 지느러미 뼈를 발라냈다. 손으로 살점을 뜯어 상운의 밥에 올렸다.

수족관 없애지 말고 다른 종류로 암수 한 쌍을 키워볼까. 당신 말대로 살아 있는 수초로 바꾸고.

상운의 말은 이순에게 묻는 게 아니라 자신의 의지를 나타내는 것이다. 이순은 손을 놓고 상운을 쏘아본다. 시선은 상운의 눈이 아니라 먹는 것에 열중하느라 약간 수그린 그의 이마에 가 있었다. 하프문베타가 수족관에서 죽어 있었다. 겨우 일주일을 넘겼나. 몸체는 옆으로 누워 물속에서 가만히 있었는데, 주위엔 먹지 않은 먹이가 부유물처럼 떠 있었다. 아름답게 빛나던 지느러미의 색은 퇴색해 그냥 하나의 찌꺼기, 사물에 지나지 않았다. 자유롭게 활개 치던 그 생명은 어디로 갔는지, 생과 사의 모습은 천지 차이였다. 이순은 진작 플라스틱 수초를 뽑아버리지 못한 자신에게 책임이 있는 것 같아 마음이 고달프고 화가 났다. 상운에게도 화가 났다. 왜 애먼 생명을 데려와서 죽이는지, 잘 키우지도 못하면서. 그런데 상운은 정작 아무렇지도 않은 듯, 다 잊어버리고서 다른 것을 키우자고 한다.

　이순은 상운이 밥 위에 얹힌 조기 살을 입으로 가져가는 것을 본다. 어디선가 트럼펫이나 호른 같은 천사의 나팔 소리가 대서사의 서곡처럼 이순의 안에서 웅장하게 울려 퍼진다. "당신이 죽었으면 좋겠어. 당신이 회복되지 않고 죽기를 바라. 그런데 나보다 더 더 오래 살 거 같아. 이제 같이 사는 거 하고 싶지 않아. 당신의 행동반경 안에서 당신이 쳐놓은 줄 안에서 벗어나고 싶어 내 인내력이 다 닳았다는 뜻이야 타이어가 마모되어 더 이상 굴러갈 수가 없어 당신의 목소리 밥 먹는 소리 물 마시는 소리 트림하는 소리 딸꾹질 소리 당신 주위에서 번쩍이는 부산스러운 소리 소리들 이런 소리들을 참을 수가 없어 당신은 전혀 나를 몰라 나나 당신이나 이 인연의 고리가 죽어야만 풀려날 수 있다는 게 억울해 법으로 해결하는 건 내가 원하는 방식이 아니야 당신의 쳇바퀴 안에서 끊임없이 돌아가는 나는 어지러워 그만 멈추고 싶어 보호막이 없는 애벌레처럼 내 살갗이 찢겨 내장이 튀어나오더라도 고유의 개인으로 나로 나로 나로 살고 싶어 그러니 빨리 죽어. 난 지독한 위선자야 눈치채라고! 나는, 가면 쓰고 있는 나를, 밖에서 보이는 이게 내 모습이라고 하는 나를 찢어버리고 싶어!" 느닷없는 오케스

트라의 울림이 이순을 장악해 흔들었지만 주위의 공기는 변함없이 너무나 평온해서 먼지 하나 움직이지 않았다. 평소와 다름없는 고요한 식탁 풍경이었다. 이순은 호흡을 가다듬었다. 후투티 후투티, 어긋난 박자를 바로잡았다.

당신 오래오래 살아. 이순은 입 밖으로 소리 내어 말했다.

아무 기미도 알아차리지 못한 상운은 부드럽게 고기 살점을 넘기며 인자한 미소를 아내, 이순에게 보냈다. 당신도.

*

아무것도 남지 않았다.

어머니 곁에 남은 건 몸 하나 누일 반 평 남짓의 공간과 가두지 못한 바람과 조각구름과 새소리 같은 손에 잡히지 않는 것들뿐이었다. 진아는 이제 겨우 자리 잡아 파릇파릇하게 올라오는 잔디를 쓰다듬으며 고개를 수그리고 있는 아버지의 등을 바라보고 있다. 무덤에는 떼를 입힌 자국을 따라 군데군데 푸슬거리는 흙들이 연붉게 선을 그은 듯 흔적이 남았다. 어머니는 눈을 감고서도 편치 못했을까. 얼마 전까지만 해도 무덤에 풀이 듬성듬성 쥐 파먹은 듯 뿌리째 메마른 흙만 드러나거나, 산짐승이나 두더지가 파헤쳤는지 제법 큰 구멍이 난 곳들로 흙이 흘러들기도 했었다. 흙이 풀을 자연스럽게 품어주지 못했다. 헐벗은 무덤에 다시 떼를 입히는 공사를 했고 뿌리가 잘 내리기를 바랐는데 다행히 잔디들이 싱싱하게 올라왔다. 아버지는 무덤 앞에서 떠날 줄을 모르고 한참 등을 보이며 앉아 있다. 어머니가 있는 곳의 위치는 좋았다. 무덤 뒤로 낮은 언덕이 둘러져 있고 앞에는 큰 소나무 두 그루가 보기 좋게 어우러져 무덤을 보호하고 있는 듯했다. 그 아래 차 하나가 다닐 수 있는 포장되지 않은 길 옆으로 물이 찰랑이는 논과 밭이 펼쳐져 시야가 트여 있었다. 그러면서도 논밭 주위의 숲이 둥글게 울타리처럼 아늑하게 감싸인 느낌을 준다. 키 작은 나무들 사이에 진달래가 분홍빛 물감을 여기저기 떨궈놓아 시선을 붙잡았다. 진아는 자신만의 시간 속에 있는 아버지를 좀 더 있도록 두었다. 무덤 주위를 눈으로 좇았다. 어머니의 좌우 뒤로 검은 비석들이 서서 크고 둥근 무덤들의 경계를 짓고 있었다. 거의 다 친척들 무덤이었다. 바로 근처에 큰아버지, 저쪽 숲 가까이 작은아버지, 그리고 더 멀리 중앙에 할아버지…… 그리고 얼굴 모르는 조상님들. 진아는 덤불 숲으로 걸어가며 진달래 가지를 꺾었다. 진달래 묶음을 어머니 무덤 앞 조화 옆에 나란히 놓았다. 아직 상석도 비석도 없었다. 아버지가 손을 털며 일어났다. 그래 잘했다. 꽃을 좋아했지. 아버지의 눈가가 부석했다. 어머니는 새를 좋아했어요. 진아는 기억했다. 어린 딸의 아픈 배를 어루만지며, 후투티 후투티. 진아는 어머니의 무릎에 누워 동그랗게 오므리던 그녀의 휘슬 같은 입술을 보았다. 어머니는 후투티라는 멋진 왕관을 쓴, 잘 웃는 새가 있다고도 말해주었다.

아버지는 소나무 쪽을 보고 하늘을 보고 전체를 휘둘러 조망하며 말했다.

그래도 네 엄마가 이렇게 아늑한 곳에 있으니 마음은 편하구나. 햇빛도 잘 들고 이만하면 명당이지.

진아는 어머니도 과연 그리 생각할지 의문이었다. 나 죽거든 화장해서 강에 뿌려줘. 어디든 자유롭게 가고 싶구나. 반드시 화장해달라고 병상에서 어머니는 말했었다. 진아는 그러겠다고 약속했다. 그러나 어머니의 바람대로 하지 못했다. 아버지는 꿈에도 생각한 적 없다며, 미리 정해둔 자리가 있는데, 왜 좋은 자리를 놔두고 화장하느냐고, 내 옆에 나란히 있어야지 말도 안 되는 소리라며 펄쩍 뛰었다.

현재 어머니가 머무는 집은 가묘인 셈이다. 아버지 무덤이 들어서야 비로소 완전한 하나의 거처가 된다. 아버지의 묫자리도 조상 대대로 내려온 이곳, 당연히 어머니의 무덤 옆에 자리할 것이다. 훗날 아버지 무덤이 완성되면 상석도 비석도 세우고 새로 단장할 것이었다. 그때까지는 어머니가 조상들의 호위를 받으며 묘비 없이 있어야 한다.

임자. 기다리게. 내 곧 갈 테니. 아버지는 한 번 더 어머니의 무덤을 다독이듯 쓸고는 언덕 아래 길 쪽으로 걸음을 옮겼다. 아버지의 힘없는 걸음은 불안정했다. 진아는 길가로 내려선 아버지를 바라보다, 곧장 뒤를 따라가 아버지의 한 팔을 들어 올려 자신의 어깨를 받쳤다.

저만치 덤불이 있는 나무들 사이로 진달래의 분홍빛이 얼비쳤
다. 기다렸다는 듯 서로 다른 종류의 새가 연이어 울었다.

밤의 망루

바람을 향해 총구를 겨냥했다.

검은 새 한 마리가 알 낳을 자리를 찾다 놀란 듯 날아갔다. 바람이 호밀밭으로 불어왔다. 어린 초록 잎들이 몸을 떨었다. 숲에서 부는 바람은 불의 냄새가 배어 있다. 오래전 원인 모를 불로 밀밭 너머 숲이 타는 바람에 까맣게 그을린 나무들이 벌거벗겨진 채 듬성듬성 서 있곤 했었다고 들었다. ㄱ은 눈과 귀를 곤두세워 바짝 긴장해서 시야를 열었다. 곧 순수한 바람뿐이란 걸 알고서 겨누었던 총에 긴장을 풀고 팔을 내렸다. 다시 철제 의자에 앉았다. 어깨에 메었던 총을 내려 습관적으로 주머니에서 면포를 꺼내 총을 닦았다. 긴 총부리를 매만지고 가늠쇠 부분에 윤을 내었다. ㄱ은 손잡이의 둥근 부분이 총의 귀라고 여겨져 거기를 만지면 간지러워서 총이 웃는다고 느꼈다. 캘캘캘캘. 가려워하는 총이 자극적으로 몸을 뒤트는 모습이 연상되었다.

ㄱ은 구부렸던 자세를 바꾸어 의자에서 일어났다. 의자 옆에 기대어두었던 장총을 들어 긴장의 끈을 조였다. 습관화된 몸이 일정한 시간이 되면 저절로 일어나졌다. 그래도 항상 무언가를 탐지하는 듯한 눈과 귀는 감각을 열어 바람이 불어오는 쪽을 주시했다. 멀리 ㄱ의 뒤편에 있는 성(城)은 늘 안개에 가려져 있어 여기서도 성채의 일부만 보였다. 성의 거대한 형체가 온전히 다 드러난 적은 없었다.

바람이 잦아들자 ㄱ은 총을 닦아 벽에 세운 뒤 기둥 못에 걸어둔 우쿨렐레를 내렸다. 무릎 위에 가볍게 올려 손가락으로 줄을 튕겼다. 우쿨렐레의 리듬이 바람 없는 들판으로 공허하게 흩어졌다. 악기의 소리는 가냘프고 맑았다. '밤은 도둑처럼 다가와'를 연주했다.

안개와 함께 어느새 밤은
슬그머니 도둑처럼 다가와
악몽의 숨결을 불어넣지요
밤이여 밤이여
불안한 잠의 부채질을 거두시오

ㄱ은 세면대로 가서 턱 주위에 비누 거품을 묻혀 면도를 하고 세수를 했다. 입고 있는 풀빛 제복의 주름을 펴고 물로 먼지를 털어냈다. 호밀색 두건을 쓴 메리엠이 바구니를 들고서 이리로 오는 게 보였다. ㄱ은 긴장했다. 얼마 전 메리엠의 어머니에서 메리엠으로 교체되고부터 생긴 현상이었다. 메리엠의 어머니는 살집이 풍만하고 활기찬 걸음걸이를 가졌었다. 메리엠이 점점 더 망루 쪽으로 다가왔다. ㄱ은 자신의 심장 소리를 들으며 메리엠을 기다렸다. 이윽고 메리엠이 다가와 망루의 계단 위를 올려다보면서 양팔을 위로 들어 좌우로 크게 엇갈리며 원을 그리듯 수신호를 보냈다. ㄱ은 어제의 빈 바구니를 줄에 매달아 두레박처럼 아래로 내려보냈다. 메리엠은 동아줄에 매달린 바구니를 고리에서 풀고 새 바구니를 고리에 걸었다. 내려다보고 있던 ㄱ은 도르래에 달린 줄을 일부러 느리게 끌어 올렸다. 망루는 높아서 두건을 쓴 메리엠의 얼굴 윤곽만 잡혔다. 메리엠은 망루 아래의 창고 같은 격자 공간에서 양동이를 꺼내 스무 걸음 정도 떨어진 둔덕 위 웅덩이에서 물을 길어왔다. 메리엠은 능숙하게 들고 와 바구니를 매었던 줄에 양동이의 손잡이를 매달았다. ㄱ은 줄에 매단 양동이를 날렵하게 끌어 올렸다. 이것 또한 숙련되었기에 거의 물을 흘리지 않았다. 메리엠은 손차양을 하고서 위로 올려다보았다. ㄱ은 휘파람을 불고 싶은 유혹을 느꼈다. 멀리서 봐도 둑길을 걸어오는 메리엠의 자태는 그녀의 어머니와 달랐다. 걸음걸이가 소극적이었지만 상체가 꼿꼿했다. 단지 느낌으로만 ㄱ에게 전해졌다. 각 망루에 매

일 하루치의 음식과 물을 가져다주는 임무는 기관에서 정해준 여자들만이 할 수 있었다. 한번 임무가 정해지면 망루를 지키는 파수꾼처럼 바뀌지 않았다. 그러나 파수꾼과 다르게 이 일은 어머니에게서 딸로 이어졌다. 메리엠의 어머니가 언젠가부터 다리를 절룩였고 잘 걷지를 못했다. 메리엠처럼 어머니 대에서 딸로 임무가 전해지는 건 자연스러운 일이었다. ㄱ은 식사 바구니를 바닥에 내려놓고서도 메리엠으로부터 눈을 떼지 않았다. 메리엠이 빈 바구니를 팔에 걸고서 천천히 호밀밭 사이를 걸어 숲 쪽으로 갔다.

'지름길도 아닌데 왜 저리로 갈까.'

ㄱ은 메리엠의 모습을 긴 시선으로 내려다보았다.

ㄱ은 바구니를 열어 탁자 위에 음식을 내려놓았다. 음식물에 덮인 보자기를 들자 쪽지가 보였다. 나비 모양으로 접힌 종이를 폈다. 곧 여기로 클람의 시찰 방문이 있을 거라는, 약속된 기호가 간단하게 그려져 있었다. 표정 변화가 없는 ㄱ은 쪽지를 도로 접어 주머니에 넣고는 바구니를 열었다. 바구니 안에는 호밀빵과 버터, 밀차, 사과 한 알과 가공된 고깃덩어리가 들어 있었다. 늘 이렇게 나오는 건 아니었다. 과일이나 고기는 규칙적으로 뜸하게 나왔다. ㄱ은 타원형의 두툼한 빵을 세 조각으로 나누고 나머지 두 덩어리는 바구니에 집어넣었다. 메리엠이 오는 시간은 특별했다. 밀차를 마시고 딱딱한 빵을 오래 씹었다. 아침부터 햇빛이 서늘했다. 햇빛이 서늘하다는 말은 이 지역에선 일상적으로 쓰이는 말이었다. 밀밭은 어떤 움직임도 없이 조용했다. 호밀의 흰빛을 띤 초록 물

결이 흑갈색으로 달라지려면 한참의 시간이 필요했다. 고기 조각을 씹으며 메리엠이 계단을 올라와 바구니를 전달해 주는 장면을 생각하다 고개를 빠르게 흔들었다.

ㄱ은 11살 이후로 줄곧 성을 지켜왔다. 성을 무력하게 만드는 괴이한 공격의 무리가 달과 해가 바뀌어 푸른 달이 피로 얼룩질 때 바람과 함께 나타난다는 운명적 예언이 있었다. '푸른 달이 피로 얼룩질 때'는 다분히 상징적인 것으로 무엇을 말하는지 구체적으로 알 수 없었다. 다만 밤과 낮이 바뀌는 경계 시점으로 밤과 관련되어 있다고들 했다. 하지만 진리인 양 떠드는 그 말들이라는 것은 다분히 낮의 진실을 가리기 위한 위장막일 수도 있었다. 밤과 낮의 구별은 무의미했다. 공격 시점이 밤이 될지 태양의 시간이 될지는 아무도 몰랐다. 성의 첫 번째 고위 관리자인 클람만 예언의 열쇠를 쥐고 있다고들 말했다. 그 예언은 성에 소속된 사람과 마을 사람들이라면 호적부처럼 자연적으로 습득했다. 문제는 바람이었다. 바람의 냄새와 색깔과 기미를 ㄱ만의 독특하게 훈련된 감각으로 알아채야 했다. 동서남북 36방위로 나뉘어 성 밖 구역마다 지키는 자들이 있지만 서로 교류한 적은 없었다. ㄱ은 자기 나이가 몇인지 정확히 몰랐다. 밤의 망루에 오르고부터는 날짜를 헤아리지 않아 나이로부터 자유로웠다. 여기엔 여기만의 시간이 따로 있었다. 지금 자신이 스물인지 마흔인지 쉰이 넘었는지 가늠할 수 없었다. 메리엠의 어머니한테 언젠가 소리쳐 물은 적은 있었다. 빨간 달걀을 깨트리는 백스물한 번째 성하례기원절은 지

났나요? 그런데 말이 퍼져 서로 무슨 말인지 정확히 알아듣지 못했다. 아니면 ㄱ의 발음이 불분명한지도 몰랐다. 뭐라고? 소리 지르는 되묻는 말만 들려왔다. 그래서 ㄱ은 그 뒤로부터는 포기하고 아예 묻지 않았다. 또 오랫동안 말을 나누지 않아 ㄱ의 발성기관은 거의 쓸모가 없었다. 망루에서의 바람과 햇빛과 어둠에 익숙해지자 다음 파수꾼과 교체될 시점을 기다렸다. 그게 언제인지 기관에서 정할 일이라 알 수 없지만 ㄱ보다 어린 사람일 수도 있고 더 나이 먹은 사람이 올 수도 있었다. 이 일은 기민한 방향 감각과 요동치지 않는 평정심이 중요했다. 태어난 지 89일이 되면 성의 기관에서 나온 사람들이 아기의 발바닥과 목 뒤 머리 아래 움푹 들어간 데를 살피고 표식을 해서 분류한다. 이 아기는 파수꾼으로 키워진다. 망루에 한번 올라오면 다음 주자가 정해질 때까지 아래로 내려가 땅을 밟을 수 없었다. 그게 파수꾼의 운명이었다. 간혹 성 밖에서는 파수꾼을 경계인이라는 말로도 불렀다. ㄱ은 늘 위에서 아래로 가까이보다는 멀리에 시선이 가 있었다.

ㄱ은 식사를 마치고 가벼운 운동을 했다. 7평 남짓의 공간에서 모든 생활이 이루어졌다. 맨손체조를 하고 팔굽혀펴기를 하고 두 개의 쇠공을 손에 쥐고서 양팔을 들었다 놓았다 했다. 그러면서도 주변에 대한 감응기관은 예민하게 곤두세웠다.

밀밭 너머 숲 쪽으로 시선을 주었다. 새들이 포르릉거리며 숲으로 날아가거나 밀밭으로 날아왔다. 가장 좋아하는 새소리가 들려왔다. 링링이다. 깨끗하고 명랑한 울림은 언제 들어도 듣기에 좋았다. ㄱ은 그 소리에 화답하듯 입술을 모아 소리를 내었다. 입술 소리는 새의 지저귐과 흡사했다. ㄱ은 휘파람을 능숙하게 불어 여러 종류의 새소리를 흉내 낼 줄 알았다. ㄱ이 알고 있는 새 이름은 몇 개에 불과했지만 자신의 방식으로 이름을 붙여주었다. ㄱ은 하루 종일 말할 사람이 없어 혼자 중얼거렸다. 열한 살 이전에 배웠던 단어만 기억할 뿐 새로운 말은 몰랐다. 많은 어휘를 알아야 할 필요도 없었다. ㄱ에겐 음성기관이 필요치 않았다. 공기처럼 침묵에 익숙했다. 바람, 물, 새, 별 등과 같은 그런 자연의 언어를 몸으로 받아들이고 익혔다.

"아, 절벽이구나."

ㄱ은 절벽이라는 말을 알고 있었다. 뜻도 알았다. 더 갈 데가 없어 내려와야 하는 곳으로 이해했다. ㄱ과 교체된 앞의 파수꾼이 힘이 빠져 헐거워진 나사처럼 망루의 계단을 아슬하게 내려갈 때 흘리던 말인데 잊혀지지 않았다. 맨 처음 망루 아래에서 길고 높은 계단을 올려다보았을 때 호기심과 함께 현기증을 느꼈다. 땅으로 내려가는 게 왜 절벽일까 그때는 그렇게 생각했었다. 이제는 절벽이라는 말을 제대로 알아들었다. ㄱ은 하루에 두 시간만 자도 일상에 지장이 없도록 적응되어 있었다. 그 두 시간이란 게 꼭 규칙적으로 정해진 게 아니라 느닷없이 기습적으로 잠이 찾아오면서도 잤다. 그래도 감각은 열어두어야 했다. 밤에 더 감각이 날카로워졌다. ㄱ의 잠은 깊으면서 얕았다. 눈은 거의 매일 핏발이

서 있었다. 파수꾼들의 수명이 다른 성분의 조직원보다 유독 짧은 이유였다.

처음 제복을 입고 망루에 올랐을 때 드넓은 들판을 보며 훈련소에서만 있었던 ㄱ의 감각은 허둥댔다. 안에서 습득된 감각은 새롭게 버려지고 열려야 했다. 훈련소에서 또래나, 앞선 훈련생을 제치고 선발되었을 때도 자신이 닫힌 공간에 익숙한 것을 깨닫지 못했다.

요새 부쩍 잠이 늘었다. 꾸벅꾸벅 조는 일이 많아졌다. 심지어는 꿈을 꾸는 일도 있었다. 그게 꿈이라는 자각도 없었지만 잠 속에서 ㄱ은 망루 아래 밀밭에 있기도 하고 메리엠이 망루 난간에 올라앉아 ㄱ의 눈을 아주 가까이서 뚫어질 듯 바라보기도 했다. 꿈이란 파수꾼이 가장 꺼리는 금기 사항이었다. 잠에 꿈이 끼어든다면 이미 그 잠은 불순함으로 오염되기 시작한 징조다. 파수꾼은 꿈 없는 잠을 깊게 짧게 자야 했다. 꿈이란 몸과 의식에 균형이 무너지는 일이었다. ㄱ은 전에 없이 불안해졌다. 꿈이 끼어들었을 때 어떻게 제거해야 하는지 배운 바가 없었다. 파수꾼으로서 교육받을 때 익혔던 중요한 몇 개의 단어들이 있었는데 '파란 정맥'도 그 몇 개의 주요 단어 중 하나였다. 경계인들 사이에서 전해져 내려오는 '파란 정맥이 온다', '파란 정맥이 쳐들어왔다'라는 은어가 있었다. 이것을 가장 경계하고 무서워해야 한다고, 이게 내부로 침입하면 파수꾼의 생명은 끝난 것으로 봐야 한다고, 오래전 훈련생일 때 들었다. ㄱ은 고민했다. 내게도 파란 정맥이 쳐들어온 것인가. ㄱ은 고개를 흔들어 쓸데없는 생각을 지웠다.

　조죠가 망루 가까이 지붕을 치듯 날아가며 새된 비명을 질렀다. 조죠의 지저귐은 늘 꺼끌꺼끌한 비명에 가까웠다. 조죠의 무리들은 끼이끽 끽끽, 뾰족한 소리들을 일상적으로 주고받았다. ㄱ은 자신도 모르게 오른손 검지의 손톱 끝을 물어뜯었다. 바람의 기미가 느껴졌다. ㄱ은 놀라 손을 내리고 멀리 카키나무 숲의 몸 떠는 소리를 감각했다. ㄱ은 정신을 차리고 총을 재정비했다. 밀밭으로 바람이 불어왔다. ㄱ은 바람에서 호수의 물 냄새를 맡았다. 곧 비가 내릴 것이다. 호수의 물비린내가 짙어지면 구름이 비를 몰고 와 한바탕 비를 쏟아놓고 가곤 했다. 성은 여전히 안개에 가려져 있고, 손에 잡힐 듯 멀다.

　호밀들이 고개를 숙인 채 비에 젖고 있었다. ㄱ이 긴장을 풀 때는 이렇게 비가 오는 순간이었다. 늘 조여졌던 세포가 부드러워졌다. ㄱ은 주머니에 넣어두었던 쪽지를 꺼냈다. 곧 클람이 시찰 나올 거라고는 하지만 언제 올지는 모른다. 전에도 방문 쪽지를 몇 번 받았지만 오지 않았다. 이번에도 오지 않을 것이다. ㄱ은 더 짙은 안개로 둘러싸인 성의 일부를 바라보고는 기둥에 걸린 우쿨렐레를 들어 줄을 튕겼다. 밤의 망루에 오기 전 자기가 가져가고 싶은 두 가지 개인 소유물 중 하나로 ㄱ은 망설이지 않고 이 악기를 선택했다. 옛날 자신의 집 다락에 있던 것이었는데 누가 사용한 걸 본 적은 없었다. ㄱ은 손가락으로 줄을 튕기며 손이 가는 대로 멜로디를 흥얼거렸다. 음계에 대해 배운 적은 없지만 ㄱ은 어떤 구속도 없이 순수한 상태로 몰입했다. 이렇게 연주한 리듬은 완전히 흩어지거나 머릿속에 간단한 자기만의 기호로 남겨졌다. 훈련원 담 너머로 들려오던 멜로디도 잊혀지지 않았다. 정확하지 않은 몇 개의 노랫말도 저장되어 있었다. 자신도 모르는 멜로디가 흘러나올 때 문득 고독하다고 느꼈다. 비록 고독이라는 말은 모르지만 누군가 들어주는 사람이 있다면 좋을 것이다.

메리엠이 멀리서 다가오고 있다. 맥박이 빨라졌다. ㄱ은 용기 내어 새한테 하듯 휘파람을 불었다. 그 소리는 들판으로 호륵호륵 퍼져나갔다. 메리엠인 듯한 여자는 호수 쪽으로 발길을 돌려 사라졌다. 낮 시간에 메리엠이 여기로 올 리가 없었다.

ㄱ은 빵 껍질 속 버터같이 부드러운 냄새에 눈을 떴다. 어떤 물체가 막아섰다. 사물을 분간하기 어려웠다. 바로 총에 손을 대었다. 깜짝 놀랐다. 어느새 잠이 들었단 말인가. ㄱ은 반사적으로 총을 세우려 했으나 움직여지지 않았다. 짙은 하늘색 눈동자가 바로 앞에 있었다. 잠시 후 ㄱ의 입에서 탄식처럼 소리가 나왔다.

아, 메리엠.

희미한 윤곽으로 기억되지만 놀랍게도 메리엠이라는 걸 알 수 있었다. 메리엠의 푸른 눈에 다급함이 담겨 있었다. 여기는 아무나 올라올 수 없다. 성에서 허락된 자만이 망루에 오를 수 있다. 메리엠은 금기를 어겼다. ㄱ이 메리엠에게 총을 쏘는 건 당연하다. 메리엠은 ㄱ이 총을 움직이지 못하게 두 손으로 총부리를 잡고서 ㄱ의 눈을 똑바로 마주 보며 말했다.

"상자 하나 맡아줘요."

메리엠의 목소리는 절박했다. ㄱ은 메리엠의 눈을 빨아들일 듯 바라보았다. ㄱ이 오히려 빨려 들어갔다. 어지러웠다. 이런 현기증은 경험하지 못한 것이다. ㄱ은 눈을 감았고 총을 내렸다. 메리엠은 조심스럽게 긴 계단 아래로 포복하듯 내려갔다. ㄱ은 난간 아래를 내려다보았다. 메리엠은 도르래의 줄을 검은 궤짝의 몸통에 묶었다. 메리엠은 다시 계단으로 올라왔다. 메리엠은 도르래의 궤짝을 끌어 올렸다. 메리엠은 당부를 했다.

"아무것도 묻지 말아요. 절대 열어서는 안 돼요. 밀 이삭이 팰 때 올게요."

메리엠은 ㄱ의 손등에 가볍게 입술을 누르고는 긴 계단을 내려갔다. 메리엠의 온기와 체취가 떠돌았다.

ㄱ은 멍한 채로 있다가 정신을 차렸다. 누가 올라오는 것도 몰랐다니. 오랫동안 몸에 밴 공기를 가르고 낯설고 이질적인 기운이 침투되었다. 어찌해야 좋을지를 몰랐다. ㄱ은 흩어진 감각을 수습하고 서쪽 구석 침상 밑으로 궤짝을 옮겼다. 망루를 서성였다. 익숙하게 ㄱ을 지배했던 감각에 균열이 생겨버렸다. ㄱ의 내면에 물이 흘렀다. 메리엠의 실제 이름이 뭔지는 모른다. 메리엠이란 이름은 ㄱ이 붙인 이름이다. 훈련원 담장 밖에서 누군가가 호명하던, 여전히 귓가에 맴도는 이름이기도 했다. 시냇물이 돌아다녔다.

ㄱ은 문득 방향을 돌려 안개로 둘러싸인 성을 오래 바라보았다. 처음 밤의 망루에 올라 성을 바라보던 때가 생각났다. 망루에서도 일부밖에 보이지 않는 안개성에 대해 한 번도 의문을 가진 적이 없었다. 그와 마찬가지로 자신이 하는 일에 대해 한 번도 회의를 품은 적이 없었다. 그런데, 그런데……. ㄱ은 어깨에서 축 늘어진 장총을 여며 잡으며 성을 등지고 섰다. 끝없이 펼쳐진 호밀밭을 보며 혼자라는 느낌에 사로잡혔다. 늘 홀로였기에 그것은 지극히 자연스러운 일이었다. 그런데 불현듯 혼자라는 이 낯선 깨달음은 뭔가. ㄱ은 검은색으로 보이는 검초록색의 낡은 궤짝이 있는 쪽으로 시선을 돌렸다. 메리엠의 푸른 눈이 떠올랐다. 주체할 수 없이 가슴이 뛰었다.

휘파람을 불며 손가락을 치켜들자 링링이 날아들었다. ㄱ은 손바닥에 빵 부스러기를 올려놓았다. 링링이 못 보던 친구를 데리고 왔다. 멈칫거리던 친구 새도 ㄱ의 손에 내려앉아 부스러기를 먹었다. 침상 아래에 눈이 가는 건 어쩔 수 없었다. 단단히 묶인 끈을 풀고 양쪽 모서리에 고정된 못을 뽑고 싶었지만 유혹을 물리쳤다.

하루치의 식량이 공급되지 않았다. 물은 남아 있었다. ㄱ은 허기를 느끼지 않았다. 하루가 지나서 망루에 먹을 것이 전해졌다. 식사 바구니를 제공한 여자는 메리엠이 아니었다. 종종걸음치듯 보폭이 짧은 중년 여인으로 바뀌어 있었다. 사고나 죽기 전까지는 교체되는 일이란 없는데 이것은 메리엠이 사라졌다는 걸 의미했다.

메리엠은 어디로 갔을까. ㄱ은 바람의 방향을 살피면서도 메리엠이 자신에게 애원하던 눈동자를 떠올렸다. ㄱ의 손등에 키스하던 촉감과 두건을 쓰지 않은 메리엠의 옅은 갈색 머리카락, 녹은 버터 같은 그녀의 부드러운 냄새, 건초 냄새. 이 모든 것이 ㄱ의 습관적 감각을 흩트려놓았다. 잠도 수시로 찾아왔고, 꿈도 수시로 출몰했다. 잠에 꿈이 끼어드는 횟수가 점차 많아졌다.

꿈의 흔적이 대낮의 박쥐처럼 떨어져 내렸다. 박쥐 한 마리, 박쥐 두 마리…… 점차 박쥐의 수가 많아졌다.

바람이 오는 방향을 놓치지 않으려 애를 썼다.

ㄱ의 훈련된 감각이 자주 부서지고 있었다. 정말 파란 정맥이 침투한 것인가. 문득 총에 생각이 미쳤다. ㄱ은 지지대 위에 걸쳐놓은 총신을 만졌다.

'꿈이 도망가게 총을 쏘아버릴까.'

이제껏 해왔던 파수꾼의 임무를 끝내고 절벽으로 가는 게 두려웠다. 이 밤의 망루 외에는 아는 바가 없었다. 망루 아래로 내려가 땅을 밟는다는 건 공포의 감정을 불러일으켰다.

금기로 정해진 것은 절대적으로 지켜져야 했다. 아, 메리엠. ㄱ은 메리엠에 대한 자신의 반응도 이해할 수 없었다. 한꺼번에 감당하기 어려운 것들이 몰려왔다. 외부인이 망루 위까지 올라오는 일은 손에 꼽을 정도였다. 클람의 명령에 따라 특정한 방위

지역을 선별해 정탐 나온 척후병 관리자 몇과 크게 열병이 나서 ㄱ의 감각에 일시적 교란이 생겼을 때 방문한 보건위생병이 다였다. 메리엠은 엄청난 짓을 저질렀다.

ㄱ은 '파문'이라는 말을 기억해 내었다. 파랑 무늬 혹은 파란 나비라고도 했는데, 길게 늘이면, 가슴에 파란 나비가 날아와 무늬를 새긴다는 뜻이었다. ㄱ은 문득 이 말이 지금 상황에 어울리는 말이라고 느꼈다. ㄱ의 몸에 파란 나비가 스며들어 와 생애 처음인 알 수 없는 무늬들을 새겨 넣었다. ㄱ에게도 파문이 새겨졌다. 위험한 표식이었다.

"경계해. 경고야."

귓가로 파리의 날갯짓 같은, 그러나 단호한 소리가 들려왔다.

ㄱ은 바짝 긴장해서 총구를 숲 쪽으로 겨냥했다. 불타다 만 나뭇가지에 앉아 있던 검은 새 한 마리가 날아올랐다. ㄱ은 식은땀을 흘렸다. 원래 파수꾼은 땀을 흘리지 않는다. 물이 흘렀다 시냇물이 돌아다녔다.

꿈의 흔적이 대낮의 박쥐 떼로 방향 감각을 잃고 바닥에 부딪히거나 자기들끼리 충돌했다.

검은 그림자는 총을 어깨에 매단 채로 어설프게 내달린다. 그림자의 뒷모습이 짙어지며 머리가 더부룩한 사내의 형체가 되어 앞으로 움직인다. 사내는 이제 마음대로 갈 수 있다는 확신을 얻은 듯, 천천히 걷던 두 발에 힘을 주어 내디딘다. 어깨에서 늘어져 걸리적거리는 무거운 총을 던져버린다. 손과 발이 비로소 자유로운 사내는 지그재그 멈칫멈칫 손과 발을 덩굴손처럼 휘감듯 움직인다. 흡사 춤을 추는 것 같다. 사내는 달린다. ㄱ은 달리는 사내를 지켜보고 있는 자신을 자각한다.

눈을 떴다. ㄱ은 소스라치며 주위를 살폈다. 이번엔 누워 있다니. 상체를 일으킨 ㄱ은 세면대로 갔다. 양동이에서 물을 떠 얼굴을 적셨다. 고개를 흔들어 정신을 차렸다. 자신의 양쪽 뺨을 주먹으로 때렸다. ㄱ은 바닥에 부려진 총을 들고 난간 쪽 익숙한 위치로 갔다.

변함없이 펼쳐진 호밀밭에 문득 숨이 막혔다. 밭 동쪽 편의 호수도 보고 싶었다. 조각배를 타고 어떻게 호수 저편을 건너가는지 느껴보고 싶었다. 불타다 만 숲에도 들어가 보고 싶었다. 나무 둥치와 덤불을 만져보고 싶고, 숲의 깊은 향도 맡아보고 싶다……. 잡념을 털듯 머리를 세차게 흔들었다. ㄱ이 처음으로 소망하는 이 모든 것들은 해보지 못한, 해볼 일 없는 미지의 세계였다.

ㄱ은 안개성을 바라보았다. 언제나 그렇듯 성은 검은 그림자의 묵직한 배경으로만 언뜻 드러나고 그 주위로 안개가 점액질처럼 눌러붙어 있다. 왜 안개는 걷히는 법이 없을까.

ㄱ은 다시 총을 그러쥐고 전방을 주시했다. 낮 한가운데의 벌판엔 새 한 마리 지나가지 않았다. ㄱ은 온 감각을 깨우려 애썼다. 파수꾼으로서의 본능을 잊지 않으려 눈을 부릅떴다. 제복 안 감각

의 세포들이 다시 갈기처럼 일어서는 걸 느꼈다. 몸의 감각만 필요하다. 생각은 금기다.

이삭이 영글어가고 잎과 줄기의 색이 짙어지는데도 메리엠은 보이지 않는다.

여자가 양동이를 줄에 묶어서 고개를 젖혀 망루 위를 올려다보며 소리를 지른다. ㄱ은 도르래를 감아 물을 끌어 올렸다. 양동이가 심하게 흔들리며 물이 여자의 머리 위로 쏟아졌다. 손짓을 해가며 욕을 하던 여자는 둔덕에서 다시 길어온 새 물을 도르래에 달아주고는 씩씩거리며 가버렸다.

사내는 여전히 뒷모습으로만 보인다. 주위가 어두운데도 실루엣이 잡힌다. 사내의 움직이는 손놀림과 물소리가 느껴진다. 사내가 일어서서 검은 물속으로 들어가 총을 씻는다. 물을 가득 품은 호수. 사내는 계속 총에 물을 끼얹는다.

ㄱ은 혼몽 중에 깨었다 다시 꿈속으로 빠져들었다.

네 다리는 너무 무거워

그건 추의 무게 때문이지

추가 슬프기 때문이야

슬픔의 추는 어디까지 달렸나

무거워서 더는 못 달리지

이쪽으로 사람들이 지나다니는 일은 흔하지 않다. 파종할 때나 추수할 때 대량의 구성원이 투입되는 거 말고는. 짐작했던 대로 그들이다. 그들이 말을 타고 천천히 오고 있다. ㄱ은 긴장해서 처소를 살핀다. 담요를 덮어 침상 아래의 궤짝을 위장했다. 세면장과 배설처리구를 살피고 옷의 단추를 다시 여민 뒤 총을 바로 맸다. ㄱ은 계단 아래를 신경 쓰며 기다렸다.

두 명의 군청색 제복을 입은 정찰병과 모자 쓴 간부가 들어서자 망루의 공간이 꽉 차버린다. 정찰병은 훤히 다 보여 숨길 것도 없는 공간을 냄새 맡듯 돌아다녔다. 무표정한 얼굴의 간부는 차렷 자세를 하고 있는 ㄱ 주변을 왔다 갔다 하더니 갑자기 큰 소리로 호통을 친다.

"N백십일 호한테서 감찰하라는 보고가 들어왔다. 여기 N밤의 망루가 불안하다고. 두레박 줄도 자주 심하게 흔들리고, 간혹 조는 것 같다고."

간부는 지시봉으로 ㄱ의 턱을 치켜들고서, 얼굴을 바짝 당겨 눈동자를 뽑을 듯이 탐색했다.

"무슨 일이 있는 건가. 너의 눈에 푸른빛이 도는군. 자주 잠을 도둑질한다는 뜻인데, 절벽으로 가고 싶은가!"

ㄱ은 다급하게 아니라고 말한다. 간부는 클람의 안위에 대해 늘 익혀왔던 맹세를 길게 얘기하고 클람은 다 지켜보고 있다고 말을 했다.

"규칙에 따라 망가진 감각을 완전히 소독하기 위해 물과 함께 사흘 낮 사흘 밤의 금식을 명령한다. 또 안대를 쓰고 감각을 안으로 모으는 데 열중한다."

간부는 박차 달린 구둣발로 ㄱ의 맨발인 발등을 으스러지도록 눌렀다. 정찰병은 세면장이나 물통의 남겨진 물을 다 버렸다.

간부는 ㄱ의 어깨에서 총을 벗겼다. 정찰병에게서 새 총을 넘겨받은 간부는 총부리로 ㄱ의 배를 찌르고는 어깨에 걸쳐주었다. 오랜 손때의 감각이 밴 총을 뺏긴다는 건 ㄱ이 새 총에 익숙해질 때까지 밤낮없이 총을 문질러 주고 길들이는 까다로운 작업을 오래 해야 한다는 뜻이었다. 정찰병 하나가 ㄱ에게 강철 안대를 채웠다. 선창하는 정찰병을 따라 ㄱ은 파수꾼의 의무 조항을 외웠다. ㄱ의 발성은 기괴하고 뚜렷하지 않았다. 자신의 목소리가 너무 이상하게 느껴졌다. 이게 자신의 목소리인지 의심스러웠다.

파견 나온 정탐꾼이 물러가자 ㄱ은 맥이 풀려버렸다.

ㄱ은 얼굴에 채워진 안대를 만졌다. 갑갑하고 아프지만 마음대로 벗을 수 없다. 안대는 나흘이 되어야 정찰병의 열쇠로 해방될 수 있다. 밤인지 낮인지 구분할 수 없는 암흑 속에서 가만히 손가락과 발가락 끝에 감각을 모았다. 귀는 열어두고 바람 속 기미를 감지하려고 애썼다. 난간에 기대앉아 익숙하지 않은 새 총을 닦았다. 딱딱하고 거칠었지만 길들이기 위해 더듬고 만지고 면포로 문질렀다. 파수꾼들에게 눈은 그다지 중요하지 않을지 모른다. 달라질 것 없는 늘 같은 공간에서 습관대로 움직이면 되었다. 평소에

도 그렇듯이 여기서 세면장까지 아홉 걸음, 기둥까지 다섯 걸음, 저절로 보폭을 세기도 했으므로 눈이 안 보여도 그다지 불편하진 않았다. ㄱ은 총을 꼼꼼히 만지고 난 뒤 정확하게 걸음을 세어 기둥에 걸어둔 우쿨렐레를 내렸다. 악기 다루는 건 눈 감고도 했으니 어려울 게 없다. 손가락 끝에서 한 번도 연주하지 않았던 리듬이 흘러나왔다. 얼굴의 무거움도 사라지고 편안해진다. 링링의 가벼운 날갯짓, 공기의 파동이 느껴진다. 어느새 링링이 ㄱ의 어깨 위로 날아와 앉는다. 링링이 음악 소리에 맞춰 휘오 휘오이~ 히유 히유~ 보지 않아도 링링의 모습을 볼 수 있다. 부리를 어슷하게 위로 향하고 꼬리를 치켜든 채 접은 날개를 가볍게 떨면서 노래한다. 그 사이로 호밀들이 몸을 비비는 소리와 향이 섞여든다.

굶으면 감각이 더 예민해진다. 밤의 꼬리가 새벽빛에 밟혀 아직 어둠이 어슴푸레 깔려 있을 것이다. 잠을 자지 않고도 꿈을 꿀 수 있나? 안대가 눈꺼풀을 긴장시켜 잠을 잘 수가 없는데. ㄱ은 눈을 뜨고 꿈을 꿨다고 생각한다. 빛에 탈색된 사내의 그림자와 메리엠의 눈동자가 번갈아 나타나거나 함께 있었다.

바람이 방향을 바꿔 동쪽에서 북서쪽으로 흐른다.

세 번째 낮과 밤이 지나 안대는 벗겨지고 식사 바구니가 전달되었다.

성은 여전히 음울하게 안개를 감고 있다. 성은 한 번도 자신을 제대로 드러낸 적이 없다.

아마빛으로 물든 호밀들 위로 저물기 전의 빛이 떨어졌다. 빛과 접촉한 부분은 희게 빛났다. 멀리 울타리 같은 숲은 초록빛이 더 검어졌다. 드넓게 펼쳐진 호밀밭에는 메리엠의 머리카락이 물결치고 있었다. ㄱ은 빵 껍질 속 버터 향과 건초 냄새를 맡았고 가까이 가기를 꺼렸던 궤짝에 생각이 머물렀다.

ㄱ은 침상의 담요를 걷고 검은 궤짝을 꺼냈다. 망설이다 고정못을 뽑고 가죽끈을 풀었다. 붉은 비로드 같은 천이 반석처럼 놓인 딱딱한 것들 위에 놓여 있었다. ㄱ은 여러 번 접힌 천을 펼쳤다. 뻣뻣하게 말린 종이를 펴니 붉은 글씨가 적혀 있었다.

클람은 없다 예언도 거짓이다
모두 속고 있다 클람은 허깨비 유령

ㄱ은 읽을 줄 모른다. 그러나 파수꾼들이 파악할 수 있는 특수 기호가 나열되어 있어 내용을 알 수 있었다. 그러나 ㄱ은 여러 번 기호를 되새겨 보면서도 뜻을 이해하지 못했다. '클람', '없다'는 게 뭔지 납득할 수 없었다. 그 말은 파수꾼인 ㄱ에게 파수꾼이 아니라고 부정하는 것과 같았다. ㄱ은 불길하게 느껴지는 붉은 천을 밀치고 딱딱한 것들을 하나씩 들어내 들춰보았다. 딱딱한 표지를 가진 그것은, 두껍고 누렇게 바랜 속지에 해독할 수 없는 까만 점들이 조밀하게 박혀 있었다. 그러니까 메리엠의 상자 안에는 소위 책이라고 일컫는 물건이 단단하게 비밀처럼 포개져 있었다. 그

것은 실체를 완전히 드러내지 않는 안개성처럼 알 수 없는 세계였다. 태어나서 처음 접하는 물건이었다. 그러다 뭔가가 머릿속을 툭 하고 스쳐 지나갔다. 본능적으로 깨달은 건 이 궤짝을 함부로 보여서는 안 된다는 것이었다. ㄱ은 궤짝에다 그 불길한 것을 도로 집어넣고 원래대로 고정쇠까지 채웠다. 궤짝을 침상 밑에 밀어 넣고 담요를 침상 위에 덮었다.

안개에 가려진 거대한 성을 보며 ㄱ은 중얼거렸다. 클람, 없다. 클람 없다? 클람 있다 없다, 클람이 없다, 클람이 거짓말이다? ㄱ의 머릿속에서 없다, 거짓말, 유령이라는 말만 반복되었다. 의심의 싹이 커져 서둘러 잘라버리려고 했지만 소용이 없었다. 부정에 부정을 거듭해 봐도 의문의 검은 그림자만 짙어졌다.
ㄱ의 몸에서 시냇물이 더 빨리 세차게 돌아다녔다. 파란 나비가 쉴 새 없이 날아다니며 흔적을 남겼다. ㄱ은 클람을 부정하고 밤의 망루를 부정하고 자신의 임무를 부정했다. 꿈은 낮과 밤 가리지 않고 수시로 드나들고 꿈의 파편들이 박쥐처럼 무더기로 떨어져 시체처럼 널브러졌다.
ㄱ은 평정심을 찾기 위해 우쿨렐레를 뜯어 보았지만 어지러워진 마음은 말처럼 날뛰었다. 길게 제멋대로 자란 머리를 칼로 베어내고 툭툭 끊어냈다.
다시 총에 생각이 미쳤다. 꿈을 죽이고 싶었다. ㄱ은 꿈속으로 들어가기 위해 의식적으로 애를 썼다. 틈입하는 방법을 몰라 수도 없이 꿈 밖으로 튕겨졌지만, 어느 순간 꿈 안에 있었다.

꿈속으로 들어가 광포하게 총을 휘둘렀다. 갈기갈기 꿈의 막을 찢었다. 그러나 그럴수록 꿈들은 더 끈질기게 유령처럼 틈입해 ㄱ을 장악했다.

검은 옷의 물체가 위태롭게 매달려 있다. 보이지 않는 손에 사로잡히듯 박쥐 날개 같은 망토가 못에 걸리듯 허공에 대롱대롱. 곧 추락할 것 같은 공포가 사내라는 물체의 온몸에서 뿜어져 나온다. 보이지 않는 손이 사내를 놓아버리려는 찰나 어둠 속에서 푸른색 눈동자가 파랗게 돋아난다. 눈동자에 감전되는 순간 힘없이 낙하하는 검은 물체의 한가운데 붉은 심장이 켜진다. 그것에 재빨리 커다란 입술이 달려들어 흡착된다. 입술 사이로 긴 혀가 나와 심장을 과일처럼 열어 빨아들이고 파고들어 내장을 관통한다. 전신이 허물어진다. 녹아든다. 펄떡이는 붉은 심장만 남겨진다. 붉고 뜨거운 것 위에 푸른 눈동자가 새겨진다. 검은 물체였던 사내는 자신의 성분이 완전히 변화되었다고 느낀다.

눈에서 쉴 새 없이 물이 흐른다.

꿈속인지 망루인지 혼돈의 공간에서 눈을 뜬다.

ㄱ의 얼굴이 물기로 축축했다. 생애 처음 눈물을 맛보며 망루를 서성였다. 안개성을 등진 채 이삭들이 무겁게 달린 낮의 호밀밭을 내려다보았다. 곧 낫을 든 분주한 사람들의 손길이, 내일이나 모레……. 내일, 모레, 글피. 잊은 줄 알았던, 날을 세는 구체적 명칭을 오랜만에 떠올렸다. ㄱ은 망루 아래의 시간을 세며 초조하

게 낮을 보냈다. 점차 어둠이 가라앉았다. ㄱ은 바람의 방향을 겨누던 총을 난간에 기대어두고, 바닥에 있던 우쿨렐레를 기둥에 걸었다. 침상 밑에서 궤짝을 꺼냈다. 입을 벌린 궤짝이 망루 한가운데 놓이고, 포개진 책들이 밤의 공기를 마음껏 빨아들였다. 글자가 적힌 흰 두루마리가 난간의 기둥에 깃발처럼 내걸렸다.

ㄱ은 망루를 휘둘러보곤 계단 쪽으로 가 처음 올라올 때와 반대로 조심스럽게 한 계단 한 계단 발을 떼었다. 계단은 가팔랐다. 절벽으로 가는 길은 너무 멀었다. 캄캄한 밤이었다.

흙에서 올라오는 호밀의 짙은 향. 키 큰 호밀들의 버석거리는 감촉이 ㄱ의 몸을 자극했다. 낯선 감각. 밀은 여물어 황금빛 화살촉으로 피부를 찔렀다.

호밀이 바람에 흔들리며 그의 몸을 꽉 채워 가려주었다. 밤이라서 더더욱 살빛인지 호밀색인지 구분이 가지 않았다. 맨발의 ㄱ은 호밀밭 사이로 깊숙이 스며들어 갔다.

N구역 호밀밭 둑 언저리에는 풀빛 제복만 남았다.

뚜따뚜따, 다급하게 나팔 소리가 들려왔다.

어디선가 불의 냄새가 다가왔다.

바람이 호밀밭 쪽에서 불어왔다. 초록빛 호밀들이 춤추듯 일렁였다. 검은 새가 나뭇가지에 앉으려다 날아갔다.

잠잠해진 바람이 방향을 바꿔 다시 불었다. 숲 쪽에서 불어오는 바람에는 불의 냄새가 배어 있다.

밀밭 너머 숲이 타는 바람에 까맣게 그을린 나무들이 듬성듬성 서 있곤 했었다고 한다. 오래전 말들의 요란한 울음소리가 들렸고, 미처 숲을 벗어나지 못한 파수꾼이 나무와 함께 타버렸다는 소문이 있었다.

아주 오래전 일이었지만 여전히 불의 냄새가 났다. 밤이 내려앉고 있었다.

ㄹ은 비릿한 불내를 맡으며 구부러져 있던 허리를 펴고 철제 의자에서 일어났다. 어깨에 메고 있던 느슨해진 장총의 끈을 조였다. ㄹ이 일어난 것은 딱히 이유가 있어서가 아니었다. 습관화된 몸이 때가 되면 저절로 일어나졌다. 항상 무엇을 탐지하는 듯한 눈과 귀는 감각을 열어 바람이 불어오는 쪽을 주시했다.

밤의 호밀밭에는 꿈의 파편이 대낮의 박쥐처럼 떨어져 내렸다.

---

* 클람: 카프카의 『성』에서 차용했다.

옛날에 농담이 있었어

모래를 비비듯 자신의 귓불을 만지작거리면서 경이 말했다. 무슨 말인가를 했는데 귓불을 만지는 경의 손놀림을 보느라 그녀의 말을 놓친다.

그래서 그렇게 되어버렸어.

경은 결론을 내리듯 귀주머니에서 손을 뗐다. 나는 귓불을 귀주머니라는 의미로 받아들인다. 귓속 달팽이관으로 깊이 침투하지 못한 말들이 때로 부스러기처럼 흘러내려 주머니처럼 받치고 있는 귓불에 쌓인다고 생각하기 때문이다.

경은 의자를 밀치고 일어나 허벅지 위로 올라붙은 검정 스판 치마를 끌어 내리면서 테이블 위의 스마트폰을 집어 들었다.

경은 귀걸이를 하지 않았다. 귀를 뚫은 흔적도 없다. 귀주머니를 뚫으면 말이 흘러나올까. 귀걸이는 말의 주인을 기다리는 예쁜 문패나 초인종 같다. 귀걸이? 귀고리가 맞나? 고개를 갸웃하며 출입구 쪽으로 몇 발짝 앞서 나간 경을 뒤따라갔다. 이제껏 경을 세 번 만났지만 두 번의 만남에서 경은 스스럼없이 내게 계산을 미뤘다. 마치 계산은 자신이 한다는 듯한 태도로. 경은 초등학교 동창을 통해 다가왔는데 두 번을 그 친구 없이 만나게 되었다. 경은 바깥으로 나오자마자 햇빛에 눈이 부신 듯 캡을 썼다. 구름이 다가와 살며시 해를 가렸다. 우리는 딱히 목적지도 없이 카페가 줄지어 있는 골목을 천천히 걸었다. 카페 사이사이 옷집이나 갤러리가 있었다. 지붕 차양막 아래 화강암이 벽돌처럼 박힌 포석 위로 몇 개의 테이블과 의자가 나와 있었다. 나무 공방 앞에 세워진 빨간 우체통이 눈에 띄었다.

너는 귀고리를 안 하니?

경은 갑자기 엉뚱한 질문을 한다는 듯 시선을 주더니 잠시 사이를 두었다가 말했다.

예전에 아주 작은 큐빅을 했었는데 머리 감을 때나 옷을 올려 벗을 때나 어찌나 걸리고 불편하던지, 그래서 빼버렸어. 그러니까 저절로 구멍이 막히던걸. 경은 의식적으로 자신의 한쪽 귓불을 비비며 말했다.

경이 자연스럽게 팔짱을 꼈다. 나는 슬멋 미소가 나왔다. 손목 안쪽이 따끔해왔다. 바나나를 파는 수레 앞을 지나갔다. 수북이 쌓인 바나나들이 농익은 냄새를 풍겼다.

바나나 트럭을 보면 생각나는 거 없어?

나는 새삼 바나나 트럭을 뒤돌아보며 고개를 저었다.

바나나 트럭에 떨어진 싱글녀 이야기.

경은 말끝에 웃음을 물었다.

정말 모르나봐. 하긴 한물간 구석기 삼촌들 시리즈 중 하나지만……. 경은 내 얼굴을 살피며 잠시 뜸을 들이더니 인심 쓰듯 말했다.

옛날 옛날에 오랫동안 남자 구경을 못한 과부가 있었는데, 그런데, 과부라는 말은 이상해. 미망인이라는 말도 그렇고. 차라리 위도우, 거미 부인이라는 말이 더 친근하지 않니?

거미 부인?

위도우, 하면 곧장 거미 부인으로 연결돼. 아마 블랙위도우라는 독거미에서 검은 상복 입은 여인을 연상해서 그런가.

경의 말에 정말 검은 드레스에 챙 넓은 검은 모자를 쓰고서 베일로 얼굴을 가린 여자가 눈앞에 나타났다. 경은 다시 말을 이었다.

거미 부인이 죽어서 하나님 앞에 갔는데, 하나님이 부인에게 지하세계로 가기 전에 마지막으로 소원이 있다면 한 가지 들어주겠노라고 했대. 그랬더니 부인이 울면서 자기는 억울하게 살았다고, 어린 나이에 거미가 되어 이제껏 남자 근처에도 못 가봤다고 했더니 하나님이 고개를 끄덕이고는 뿅망치로 부인의 머리를 때렸대. 거미가 슈욱 하고 어딘가로 떨어졌는데 잠시 뒤 정신 차리고는 놀라서 어리둥절 둘러봤더니, 산더미처럼 쌓인 바나나 트럭 위에 떨어졌다나 어쨌다나.

내 귓불이 발개지는 걸 느꼈다. 경이 오래 산 나이 든 여자 같았다. 요즘에는 여자들 앞에서 이런 유의 농담을 했다가는 웃기는커녕 자칫 정색해서 공격당할 수 있는 얘기였다. 그러나, 거미와 바나나의 연관성은 전혀 성적이지 않았다. 거미는 거미, 바나나는 그냥 바나나일 뿐이니까.

이러면 내가 성희롱하는 건가. 미투, 미투. 경은 풀었던 팔짱을 다시 꼈다. 팔목 안쪽의 따스함을 느끼며 경의 옆모습을 흘깃 보았다. 모자의 그늘에 가려진 콧날과 입술선이 들어왔다. 의외다. 사람들의 얼굴이 개별적으로 다가오지 않고 하나의 덩어리처럼 보였는데. 반죽 덩어리처럼 눈썹도 코도 입도 없었다. 그런데 경은 오늘 신기하게 내게 들어왔다. 말 하나하나까지. 내 눈과 귀의 흐릿한 창이 걷힌 것일까. 두 번의 만남에서도 경의 윤곽만 회색빛으로 잡혔는데, 오늘 어쩐 일인지 경의 귀가 뚜렷하게 제 모습을 나타내며 말을 걸어온 것이다. 그러더니 차츰 경의 얼굴에 입체감이 생기며 눈 코 입이 비로소 도드라졌다. 안개가 걷히며 한 사람이 갑자기 눈앞에 오똑하게 다가왔다. 경의 입술산이 또렷하게 보인다. 오물오물, 순간 토끼로 보인다. 조그만 귀가 모자 위로 쭉 늘어났다가 반으로 접힌다. 그녀는 갑자기 유리문 앞 풍경 소리가 나는 쪽으로 다가가더니 몸을 수그려 앉는다. 동시에 갈색 고양이가 그녀가 앉기도 전에 옆으로 날래게 빠져나가 포석 위를 날아갔다. 고양이를 만지려고 했던 그녀는 순간 허탈해한다. 접촉에 실패한 경이 일어서서는 나와 보조를 맞추며 말한다.

고양이가 허영심이 많을까, 개가 많을까?

경은 계속 나를 이상한 질문 속으로 빠트린다. 동물에게도 사람처럼 허영심이 있을까. 나는 자신 없이, 고양이, 하고 말한다. 그녀는 그렇지 않아라고 부정해 놓고는 뚜렷한 이유를 말하지 않는다. 나도 왜냐고 묻지 않는다.

그러니까 경에 대한 최초의 기억은 가위로 색종이를 오리던 그녀의 작은 손이었다. 하늘색 종이를 둥그렇게 오려 내게 건네면서 '사과'라고 말하면 나는 거기에다 사과라고 색연필로 적어 넣었다. 왜 빨간 색종이가 아니지 하던 내 의문을 기억한다. 2학년 때 받아쓰기를 하면 선생님이 불러주던 단어를 제대로 적지 못해 나의 공책을 넘겨다보던 짝이었던 경의 모습이 단편적으로 남아 있다. 그뿐이었다. 5학년 때도 같은 반을 했었다. 한때 같은 교실에서 몇 겹의 시간을 보냈겠지만, 내게 그녀에 대한 더 이상의 뚜렷한 기억은 없다. 경은 나의 어떤 것을 기억하고 있을까? 특별히 나에 대해 기억하는 것 같지는 않았다.

자줏빛 바탕의 커다란 하얀 국화 송이가 성큼성큼 걸어왔다. 나와 엇갈려 밀짚모자를 쓴 남자가 지나갔다. 남자는 그가 입고 있는 남방의 꽃잎 무늬로만 보였다. 그 역시 먼저 사물로 눈에 들어왔다. 밀짚모자 쓴 국화가 멀어져 갔다. 그와 동시에 나는 경의 옆얼굴을 다시 면밀하게 보았다. 그녀의 콧날과 입술산과 귀가 보였다.

아버지는 하얀 천을 다림판 위에 놓고 여러 번 다리미를 왔다 갔다 한다. 주위 어둠 속에서 유난히 형광등 불빛이 밝게 도드라 진 유리창 안에 얼굴은 보이지 않고, 목 아래 너무 바래서 누르스 름해진 흰 셔츠와 옷을 뒤집는 손과 좌우로 움직이는 팔이 보였 다. 길 건너편에서 보면 벚나무의 무성한 잎들이 이층집을 반 이 상 가려, 간판 상호는 보이지 않고 겨우 세탁소라는 글자만 나뭇 잎 사이로 언뜻언뜻 보일 뿐이다. 1970년대 유행하던 건축 양식 의 하나인 넓은 옥상 발코니를 품은 삼각 지붕 건물은 대낮에 보 면 더 낡고 추레해 보였다. 관광특구로 지정되어 나날이 식당과 세련된 카페들이 늘어나는 거리에서 주위와 어울리지 않는 동떨 어진 그 외곬의 고립감 때문에 오히려 눈에 띄었다. 대로변임에도 음침하게 구석에 숨어 있는 듯한, 풀색 페인트칠이 더 연하게 바 래져가는 2층 양옥은 그와 함께 낡아가며 고집스럽게 버텼다. 결 혼해서 분가해 있는 형은 진작부터 그 집을 팔자고 말을 했지만, 아버지는 들은 척도 하지 않았다. 이 집은 아버지의 아버지, 돌아 가신 할아버지의 손때가 묻은 곳이었다.

술을 마셨다. 합창 연습을 마치고 돌아오는 길에 학교 앞 주점 에서 같이 노래 부르는 동헌이와 두부김치와 계란찜으로 허기를 채웠다. 한 시간 이상 노래 연습을 하고 나면 몹시 배가 고팠다. 나는 선뜻 집안으로 들어가지 않고 허공에 10센티미터 정도 발을 띄운 것처럼 풀린 느낌으로 백색 조명 아래 고개를 수그리고 있는 아버지를 유리문 밖에서 바라보았다. 얼굴 대신 그의 목과 어깨의 일부를. 거기엔 불굴의 기계적인 얼굴이 있었다. 타인에겐 그저 고집불통의 벽으로만 생각될 것이다. 작업대 위 한쪽에 세워둔 검은색 라디오에서는 옛 가요가 흘러나온다. 나는 그에게 인사를 하지 않고 슬쩍 바깥 계단을 통해 2층으로 올라간다.

자니?
새벽 세 시에 밤낚시 가면 호래기가 잡힌대
바다에서 호르륵호르륵 호각 소리가 들린대

아침에 경의 메시지를 보았다. 오전 3:12로 찍혀 있었다. 새벽까지 잠 못 들고 뭘 했을까? 직장을 옮기려고 쉬고 있는 경은 낮과 밤이 바뀌었을 것이다. 나도 책상 앞에 앉아 있다 설핏 잠이 들다 깨다 잠을 설쳤다. 깨기 전 꾼 꿈이 선명했다. 비가 많이 쏟아지는 거리였나, 교각 아래에 있는 자동차 안이었는데, 물이 마구 차올라 창틈 사이를 비집고 물줄기가 안간힘을 쓰며 길을 만들고 있었다. 마치 질식당하지 않기 위해 몸부림치듯. 닫힌 유리문 틈으로 분수처럼 물이 솟구쳤다. 홍수라고 느끼며 물이 흥건한 축축함 속에서 잠이 깼다. 경의 문자는 해뜨기 전 풀잎에 앉은 차가운 서리 같았다. 경은 내가 모르는 처음 듣는 얘기를 사실처럼 전한다. 진짜 호루라기 소리 같은 게 날까. 밤바다의 어둠 속에서 투명한 몸을 뒤집으며 퍼덕이는 작은 발광체가 눈앞으로 떠다녔다.
키 크고 가는 몇 그루의 소나무 우듬지 위로 희뿌연 먼지처럼 햇살이 퍼진다. 비어 있는 나뭇가지에 학이라도 한 마리 앉아 있어야 할 것 같다. 소나무를 마당 가운데에 두고 열린 ㅁ자형으로 연구동이 모여 있다. 창으로 보이는 풍경은 청화에 갔던 독립군 밀정이, 창살이 있는 팔각형 창으로 슬쩍 훔쳐보던 풍경과 흡사하다. 그 장소를 가본 것은 아니지만, 청화라는 실제 장소가 있는진 모르겠지만, 머릿속 어딘가에 숨어 있던 영화 장면들 하나가 슬쩍 빠져나온 게 아닐까 싶은 이미지다. 시선에 걸린 창밖은 하루에도 몇 번씩, 같지만 다른 미묘한 변화를 준다. 구름이 들어올 때도 있고, 사람이 그 안으로 들어오기도 한다. 안으로 들어올 수 있는 것은 아주 많다. 소나무를 둘러싼 정원석 주위에서 점심 후 하늘을 보며 조심스럽게 담배 한 개비를 꺼내다 도로 집어넣거나 경에게 전화를 걸기도 한다. 나는 창을 보다 펼쳐진 페이지로 돌아온다.

Y 교수가 맡긴 보조 연구는 진도가 잘 나가는 듯하다 어느 순간 막혀버렸다. 결국 자료 찾기의 문제다. 연구자들이 이용하는 서고(書庫)에는 두꺼운 하드커버 책들이 숙성된 와인처럼 발효되어 한 시기를 밀봉하고 있다. 진열대에 꽂히거나 차곡차곡 모아놓은 문서와 책더미 사이에서 시간이 고여 있다 마른 나팔꽃잎처럼 떨어져내린다. 나는 도서관과 관외의 모든 자료를 뒤지고 모으고 살피고 이어 붙이면 된다. 검토와 최종 쓰기는 교수의 몫이다.

어느 책에서 봤는데, 천 년 전에는 5분이 고운 모래 40온스와 같았지. 경이 말한다.

40온스?

1,000그램 정도.

중세에 한 시간은 가는 모래 480온스 또는 22,560개의 모래알과 같았다고 고서에 적혀 있대.* 시간을 이런 식으로 생각하니 재밌지 않니?

그럼 현재의 5분은 천 년 전과 다른 건가? 더 많은 모래가 필요한가, 아님 더 적은 모래가 필요할까?

글쎄? 중세의 시간은 지금보다 더 무겁고 느리게 가지 않았을까. 내가 살아온 시간을 재면 모래 몇 온스가 될까? 많이, 많이 무거울 거야. 경이 말한다. 나는 모래가 아니라 자갈로 재는 게 맞을걸. 그냥 커다란 바윗덩어리 하나. 경은 바람 빠지는 소리를 내며 웃는다. 시간이 덩어리로 가라앉아 있어. 바로 여기에. 경은 자신의 손바닥으로 가슴 가운데를 가리켰다.

우리가 만난 시간은 모래로 몇 온스일까? 경이 나를 본다.

다섯 번 하루 몇 시간씩.

난 다섯 번이 아닌데, 어릴 때 교실에서 만났던 시간도 넣어야지. 경이 말한다.

나는 감탄하며 웃었다. 시간을 모래로 생각하니 진짜 손가락 사이로 모래처럼 빠져나가네.

---

* 파스칼 키냐르의 책에 언급되어 있다.

지금도 순간순간 사라지고 있어.

경의 눈이 붉게 충혈되어 있었다. 요즘 잠을 잘 못 자냐고 묻는다. 경은 고개를 끄덕였다. 잠을 자려고 애를 쓰는데, 살짝 앉아서 졸다 잠자리에 누우면 잠이 달아나. 자꾸만 신경이 곤두서. 하루한두 시간만 자도 살아가는 데 지장이 없다면 되는 거 아냐. 체질이라는 게 있는데 모든 사람이 7시간 정도는 자줘야 정상이라는게 이해가 안 돼.

내가 볼 땐 전혀 괜찮아 보이지 않는데. 어떻게 시간을 죽여? 게임? 나는 묻는다.

게임 싫증 날 정도로 많이 해봤어. 중딩 때 아침까지 게임하다학교 간 적도 많았어. 그때는 신기하게 교실에 가서 앉아 있으면 잠이 쏟아져. 선생님 말도 아늑한 파도 소리처럼 들리고. 게임이 시들해지니 다른 걸 찾게 되더라. 삼촌이 쓰던 옛날 사전들을 뒤적거려. 한 번씩 손가락에 침도 묻혀가면서. 예전엔 그런 사전들을 찾아가며 공부했다는 게 신기해. 벽돌 몇 개의 무게보다 더 나가는 낡은 백과사전, 새우리말 사전, 동아 영한사전, 독일어, 한자사전 같은 거. 빨간 하드커버의 크고 묵직한 영영사전은 펼칠 때마다 손가락에 달라붙는 얇은 종이의 그 질감이 너무 좋아. 곧 바스라질 것 같은데도 순하게 팔락거리거든. 글씨는 왜 그리 작은지. 검은 깨알처럼 귀여워. 설명 옆에 간간이 흑백 그림도 나와. 모르는 낱말을 그림 보듯 하면 재밌어.

침대에 누워 잠을 청한다. 눈은 피로하다. 금방이라도 잠이 쏟아질 것 같다. 저녁에 카페에서 나와 밤거리를 거닐며 경과 나눴던 대화를 되돌려 생각한다. 나 역시 잘 자지 못했다. 덩굴손 모양의 기하학적 창살 뒤로 창밖의 나뭇잎이 누렇게 떠 있다. 이유 없이 시름시름 말라간다. 이유 없는 게 아니라 모르는 거겠지. 나무의 일을 내가 어찌 안다고.

쫑긋거리던 경의 귀를 떠올린다. 귀주머니 속에 나의 어떤 말들이 흘려져 있을까. 경에게 했던 말들의 행방을 찾는다. 귀 밖으로 흘린 말, 머릿속으로 들어간 말들. 심장으로 가는 말은 맨 마지막에 가장 어렵게 도착하는 게 아닐까.

경의 귀주머니에 고여 있는 낱자들을 상상해서 문장으로 만들어본다. 글자가 발을 달고 걸어온다. ㅋ ㅂ ㅓ ㄲ ㅏ ㅁ ㄹ…… 서로서로 섞여 들며 정렬한다.

'컵 속의 물이 바깥을 경멸한다.' 이 말이 무슨 뜻이지? 이상하지만 말이 안 되는 건 아니다, 하면서 잠 속으로 빠져든다.

경의 책장에는 크고 작은 사전들이 여러 권 꽂혀 있다. 나는 Dictionary라는 큰 은박 글씨가 박힌 빨간 표지의 책을 뽑아 든다. 하드커버의 외형은 클래식하고 고급스럽다. 쉽게 단어를 찾을 수 있도록 책의 두툼한 세로 면에 손톱 크기의 초콜릿색 반원이 홈처럼 파여 배열되어 있고, 그 위에 알파벳이 하나씩 순서대로 찍혔다. 랜덤하우스에서 1966년 처음 간행된 이 책은 1979년에 재간행되었다. 나는 종이의 질감을 느끼며 홈에 내 지문을 얹어 알파

벳의 갈피를 넘긴다. 단어에 대한 설명은 검은 깨알보다 작다. 설명에 덧붙여 빈번하게 나오는 판화 같은 그림은 정교하다. 요즘 종이 사전을 찾는 사람은 거의 없으리라. 원어민의 발음으로 음성 지원까지 되는데 누가 이런 사전을 뒤적거릴까. 빈티지 소품처럼 한두 권 선반에 올라가는 정도겠지. 낱장을 이리저리 넘기다 한 단어를 가둔다.

Avicenna: A.D. 980-1037, 페르시아의 철학자, 의사.

곧바로 폰으로 검색한다. 아비센나, 아랍어로 이븐 시나(ibn-sina). 그는 이슬람 시대의 아리스토텔레스 학문의 대가였으며 중세 유럽의 의학과 철학에 큰 영향을 끼쳤다. 페르시아 르네상스의 중심이었던 부하라(우즈베키스탄)에서 부족장의 아들로 태어나 어린 시절부터 도서관의 책들을 섭렵한 비범했던 그는, 다른 세력의 표적이 되어 일찍 고향을 떠나 여러 나라를 떠돌았다. 열세 살에 의학을 연구했고 아리스토텔레스 사상을 기초로 경험을 개념화해서 450여 권의 책을 집필한다. 정신과 육체의 고통에 관심이 많았던 그는 과학과 이성이 인간의 고통을 치유할 수 있는가라는 명제로 그의 방대한 사상을 아우르는 『치유의 서』를 남기기도 했다.*

---

* 네이버 지식백과 참조.

aviatrix: a female pilot.

Avicenna 바로 위에 있다. 얼마 전에 읽은, 베릴 마크햄이 떠오른다. 대서양을 서쪽으로 단독 비행한 최초의 여자 비행사. 그녀는 1902년 영국에서 태어났으나 1906년 아버지와 미지의 땅이었던 케냐로 이주하여 야생의 환경에서 원주민들과 맨발로 어울려 사냥을 하며 자랐다. 아프리카의 유일한 여성 비행사로 아프리카 벽지를 날아다니며 우편물과 승객을 수송하고 하늘에서 코끼리 떼를 수색했다. 열일곱 살이 되던 해, 혹독한 가뭄으로.

밥 먹자.

경의 말에 나는 사전을 제자리에 꽂아두고 식탁 앞에 앉는다. 밥과 국과 반찬 몇 가지가 차려져 있다.

미역국이네?

사실 오늘이 내 진짜 생일이야. SNS에 뜨는 가짜 생일 말고.

진작 말하지. 케이크라도 준비했을 텐데.

난 케이크 싫어해. 달고 미끈거리는 느낌. 한 사람쯤 초대해서 같이 밥을 먹고 싶었어.

순간 나는 근엄하게 목소리를 가다듬는 포즈를 취하고는 재빨리 생일 축가를 해치우듯 스피디하게 부른다. 옛 녹음기의 테이프를 되감기하듯. 부끄러움도 있었다. 경이 박수를 치며 구김 없이 웃는다. 경의 순수한 웃음을 보니 내가 대단한 일을 한 듯 느껴지고 기분이 좋아졌다.

경이 끓인 미역국을 떠먹는다. 미역이 너무 부드러워 파래처럼 풀어진다. 풀어진 미역이 생기 잃은 연누런 빛을 띠고 있다. 미역이 너무 힘이 없지. 오래된 미역이라 그런가 봐. 포장지에 2008년 산이라고 표시되어 있더라. 그래도 건미역이라 괜찮을 거라 생각했어. 엄마가 사두고서 싱크대 선반에 남겨졌었는데, 삼촌 집에 가면서도 짐 박스에 챙기게 되더라.

나는 가볍게 한숨 쉬듯 말했다. 후아, 십 년이 넘었네. 경은 웃으며 내 놀라움에 답한다. 염려 마. 부드러워 소화는 더 잘 될걸. 오늘 드디어 너 때문에 개봉할 이유가 생겼지. 나는 울컥, 목이 뜨거워졌다. 숟가락으로 국을 떠먹다 밥을 말았다. 미역 건더기는 씹을 것 없이 목구멍으로 넘어갔다. 순간 검은 뼈를 떠올린다. 왠지 경을 닮은 한 번도 본 적 없는 얼굴 모르는 여인의 뼈가 검고 건조한 조각으로 바스라진 채 경의 트렁크 한 귀퉁이에 남겨져 있다 방금 경과 나의 입으로 녹아 들어갔다는 생각이 들었다. 엄마는 늘 춥다고 말했어. 머릿속으로 바람이 들어온다고. 추워 죽겠다고. 집에서도 머리에 늘 수건을 두르고 있거나 터번 같은 모자를 쓰고 있었어. 머리 시리다고.

어디가 안 좋아서?

병원에 갔는데도 별다른 이상이 없다고 했대. 충격을 받은 게 있느냐고 그랬다는데, 엄마한테서 충격에 관한 얘기는 못 들었어. 아버지의 부재에 대해서 들은 적 없듯이. 엄마는 내게 말하곤 했어. "산후풍이야, 너를 낳고 조리를 잘못해서 그래."

경은 열다섯 살에 엄마의 동생 집으로 와 스무 살이 되어 삼촌 집을 나왔다. 경은 대학은 가지 않고, 자립하기 위해 여러 가지 일을 전전했다. 바로 얼마 전까지 시내의 유명한 헤어숍에서 매니저 겸 네일을 담당했다. 삼촌은 한 번씩 숙모에게 조개야라고 불렀어. 조개야 밥 좀 줘, 조개야 내 등 좀 긁어줘. 경은 싱크대 주변에서 움직이며 건너뛰듯 말을 했다. 처음 그 말을 들었을 땐 이상했어. 그렇게 부르는 삼촌이나 그 호칭에 거부감을 드러내지 않는 숙모나. 차츰 그건 두 사람 사이에만 흐르는 친밀감을 나타내는 말이라는 걸 알겠더라. 숙모도 웃으며 삼촌에게 왜 감자야, 하고 받아치기도 했으니까. 경에 의하면 삼촌 부부는 석 달 전 살던 집을 세놓고 여행을 떠났으며 현재 도미니카, 바하마 쪽을 떠돌고 있다고 말했다. 바하마는 홍학이 유명하대. 나는 경의 말에 홍학? 하고 되물으며 그녀가 얼굴 앞으로 쏠리는 한쪽 머리카락을 귀 뒤로 넘기는 걸 본다. 작은 귓바퀴가 소리를 모으려는 듯 움직인다. 오늘 그녀의 귀주머니에 저장된 말들은 무얼까. 아니 여태껏 나와 나눴던 말들 중에서 귀의 문 입구에서 미끄러진 말들은 무얼까. 그녀의 눈과 마주친다. 그녀의 눈빛에 나는 허둥거린다. 살짝 현기증이 인다.

왜 그렇게 빤히 쳐다봐. 갑자기 내 미모가 너무 눈부신 거야?

경의 장난스러운 미소가 눈이 부시다.

겨울 한가운데를 지나 2월로 접어들자 코로나19의 공포가 사람들을 지배하기 시작했다. 기이한 바이러스의 창궐로 국경이 통제되고 비행기 운항이 금지되고 공항이 폐쇄되었다. 학교 연구실과 도서관이 문을 닫았다. 공연일이 가까워져 일주일에 두 번 하는 합창 연습이 중단되고 봄 시즌의 비정기 공연은 취소되었다. 타인과의 접촉을 멀리하고 안전거리 2미터 띄우기가 주요 덕목이, 사회적 거리두기가 도덕이 되었다. 손소독제는 필수 생필품, 마스크는 절대 생존 구호 물품이 되었다. 마스크. 마스크를 피부처럼 안면에 접착해서 다녀야만 하는 괴이한 시절이다. 정체를 알 수 없는 여자로부터 사귀자는 노골적인 메시지가 온다는 동헌이는 페북과 카톡으로 자신의 근황을 알려왔다. 아버지는 여전히 다림판 위에서 쉭쉭 증기를 내뿜으며 옷의 주름을 폈다.

경의 삼촌은 외국 땅 어딘가에 발이 묶여 들어오지 못하고 있었다. 경과 나의 밤낚시는 이런 분위기 속에서 이루어졌다. 낮에 마스크를 사기 위해 출생년도 뒷자리의 지정된 날짜에 약국에 가서 겨우 마스크 두 개를 구입했다. 물자가 달려서 길게 열을 지어 식량 배급을 받는 전쟁 피란민들의 흑백사진을 떠올리게 했다. 너나 할 것 없이 모두 마스크를 하고 눈만 보인 채 길을 다녔다. 서로 구별이 안 되는 덩어리 같았다. 이제 내 눈앞에서만 어른거리던 희미한 덩어리가 아니라 뚜렷한 덩어리들이 출몰했다. 무개성의 군집. 숨을 바로바로 내뱉지 못해 답답하기도 했지만, 한편으론 익명성 속에 숨을 수 있는 안도감도 있었다. 모순이지만 몰래 조금 더 대담한 나쁜 짓을 해도 될 것 같은 검은 심리도 이해되었다.

컴퓨터 앞에만 앉아 있다 경의 제안으로 밤바다로 나갔다. 경의 집 앞에서 그녀의 부탁대로 서툰 휘파람으로 경을 불러냈다. 마스크를 벗고서 입술을 모아 불었지만 휘파람이 아니라 볼품없는 입바람만 새어 나왔다. 경은 밖으로 나와 내 얼굴을 보고는 아 마스크, 하더니 집으로 다시 들어갔다. 그녀는 밖으로 나오면서 까만 마스크를 얼굴에 두른다. 난 흰 마스크, 그녀는 까망. 흑백의 바둑알처럼 구분이 된다. 저녁 가게들의 불빛은 아슴하고 거리의 인적은 드물다. 바람이 없어 그다지 춥지 않았다. 경과 나는 걸어서 등대가 있는 작은 마을로 간다. 어두운 하늘에 구름의 흔적이 흐릿하게 남아 있다.

휘파람을 왜 그렇게 못 불어. 경의 눈에 장난기가 보인다.

흐흐, 거의 휘파람을 불어본 적이 없으니까 그렇지. 네가 부탁해서 얼마나 노력했는데. 유튜브도 찾아보면서. 요즘 휘파람 잘 부는 아이들이 있나 몰라.

내 말에 경은 마스크 안에서 풋풋거리며 웃는다. 옛날 버전으로 해보고 싶었어. 레트로가 유행이잖아. 요즘 너무 삭막해서 인간적인 게 그리웠나 봐. 삼촌은 숙모를 휘파람으로 꼬셨대. 두 처녀가 지나가는데 약간 어리숙한 듯한 애가 눈에 들어왔대. 스쳐 지나가는데 삼촌이 뒤돌아서서 멋지게 휘파람을 불었대. 야유하는 듯한 불량한 느낌의 소리를 새처럼 구애하듯 불렀대. 그 시절엔 휘파람 잘 부는 청년들이 많았대나, 누구나 잘 불었대. 골목길이나 극장 안이나 어디서든 곧잘 들을 수 있었대. 같이 가던 친

136

구랑 2 대 2로 미팅을 했다나 어쨌다나. 경은 숨이 차다는 듯 마스크를 턱으로 내렸다. 슈베르트 시대는 창가에서 세레나데를, 삼촌 시대에는 통기타나 휘파람. 우리는 폰으로 음악 공유하긴가. 나는 말했다.

근처 작은 낚시점에서 미끼와 간단한 낚시 도구를 샀다. 경은 가게에서 나오며 턱에 걸친 마스크를 주머니에 욱여넣었다. 나도 마스크를 벗었다. 여기서만이라도 가면은 떼고 제대로 숨을 쉬자.

카페의 간판과 실내의 불빛은 어슴푸레 빛을 뿌리며 완전한 어둠에 균열을 내고, 간간이 도로가로 자동차의 불빛들이 쫓기듯 스쳐갔다. 주차지 옆 좁은 골목길로 내려가니 가벼운 바람결에 해조류의 냄새가 코로 들어왔다. 철망에 널린 미역과 다시마가 해가 진 뒤에도 밤바람에 꾸덕꾸덕 말라가는 중이었다. 이 도시의 좋은 점은 번화가에서 조금만 걸어 내려와도 어촌의 내력을 가진 풍경을 만날 수 있다는 점이다. 가까이 하얀 등대가 서 있는 작은 호안에 몇 채의 작은 어선이 닻에 묶여 있었다. 집어등의 불빛이 수면 위에서 흔들렸다. 장식 조형물로 서 있는 등대에서는 초록불이 깜박깜박 점멸했다. ㄱ자형의 방파제로 걸어가 등대 쪽으로 갔다. 방파제에는 적당한 간격을 두고 가등이 켜져 드문드문 낚시꾼이 그 아래 앉아 있었다. 우리는 낚시꾼이 없는 반대편에 자리를 잡았다. 나는 낚싯대에 지렁이를 끼워 물속으로 던졌다. 찌의 형광빛이 수면 위로 떠올랐다. 옆에 앉은 경이 멜론에 접속해 이어폰

한쪽을 내 왼쪽 귀에, 다른 하나는 경의 오른쪽 귀에 꽂았다. 자메이카의 레게 음악이 흘렀다. 경은 어깨를 좌우로 흔들며 리듬을 탄다. 주위는 조용하고 우리는 주변과 동떨어진 공간에서 음악이 흐르는 시간을 공유한다. 쪼개지는 비트 사이로 방파제에 부딪히는 파도 소리가 규칙적으로 들린다.

우리가 새벽까지 버틴다면 바다에서 나는 호루라기 소리를 들을 수 있지 않을까.

아니 지금은 그 계절이 아니야. 잊었다는 듯 경은 다시 말한다. 간혹 착한 귀를 가진 사람한텐 들린다는 전설이 있대.

나는 주머니에서 라이터를 꺼내 담배에 불을 붙인다. 라이터돌이 헛도는 소리만 삼키다 겨우 불이 붙는다. 한참을 앉아 있어도 찌는 흔들리지 않는다. 이제 좀 춥다. 경이 외투를 바짝 끌어당겨 여미다가 위로 양팔을 벌리며 쭉 뻗는다. 이어폰을 빼고 일어서서 방파제 끝까지 걸어간다. 경은 등대 주위를 맴돌며 걷다가 돌아와 앉는다. 경은 불쑥 내뱉는다.

무척 까다로운 손님들의 머리를 감겨줄 때가 있어. 내려다보는 자세로 까탈을 부리는 손님한테는 순간적으로 세면대에 손님의 머리를 처박고 샤워기로 눌러버리고 싶을 때가 있어. 그 까다로움에는 나를 하녀로 취급하고 싶은 욕망이 보여. 네일 손질할 때도 손님들의 기분에 맞춰 최고의 서비스를 받고 있다는 생각이 들게끔 노력하지. 참아서 누르는 게 일일 최대의 과제가 될 때는 아무것도 하고 싶지 않아. 이렇게 조용한 데서, 왜 갑자기 난데없이 가라앉았던 화가 올라올까.

경은 한동안 침묵하다 말했다. 밤바다는 위험해. 자꾸만 내려다보고 있으면 잔잔한 검은 수면이 소용돌이치며 나를 빨아들이는 것 같아.

no, woman no cry. 이어폰에서 빠져나온 갈 곳 잃은 리듬이 방파제 바닥으로 흩어져 뒹군다.

노래 불러주라.

낚시꾼들이 고기 도망가게 한다고 싫어할 거야.

아니 네 목소리에 반해 물고기들이 몰려들걸.

나는 노래를 부른다. 한 사람의 관객을 위해 정성을 다해 부른다.

경이 내 한쪽 손을 감싸 자신의 외투 주머니에 집어넣어 내 손을 어루만진다.

경은 나직하게 속삭인다. 내 삶이 위로받는 느낌이야.

나는 경의 입술에 입을 맞춘다.

등대 주위로 은갈치 같은 파도가 밀려온다.

가만히 귀 기울여 봐. 들린다니까. 네 귀는 착하니까.

고양이 울음이 들려온다. 소리가 가늘고 여린데 날카롭게 찢어진다. 경과 나는 소리가 나는 곳을 찾는다. 선착장 주변에 밧줄이나 그물들이 여기저기 쌓여 있다. 폐그물이 버려진 곳에서 소리와 움직임이 느껴진다. 사람의 기척에 놀란 고양이 한 마리가 재빠르게 바위 쪽으로 사라진다. 그물 사이에 아주 작은 고양이가 꽉 얽

어매져 있는 상태에서 버르적거리며 목쉰 듯한 새 울음소리를 낸다. crazy, crazy, 엉겅퀴 crazy 엉겅퀴가 울어요. 마치 엉겅퀴가 우는 것 같아. 만일 엉겅퀴가 운다면 저렇게 울 거야. 그물 바로 가까이 수그려 앉은 경이 고개를 돌렸다. 경과 나는 그물을 헤쳐 끄집어 내려 했으나 엉긴 것은 풀 수 없고 따뜻한 생명체의 연약한 발톱이 내 손가락을 미미하게, 그러나 필사적으로 할퀸다. 나는 주머니에서 라이터를 꺼내 켜봤지만 헛바퀴만 돈다. 이를 어쩌지, 낚싯줄 끊는 도구 없어? 나는 없다고 말한다. 어쩔까 살피다 멀지 않은 곳에 불 켜진 사무실이 눈에 들어온다. 동백나무 군락지 아래 해양 구조대에 불이 켜져 있다. 내가 갔다 올게. 경은 도움을 요청하러 가고 나는 남아 있다. 바위틈 어딘가에서 이곳을 집요하게 노려보고 있는 눈빛을 느낀다. 나는 직감적으로 도망간 고양이가 어미라고 생각한다. 경이 붉은 모자를 쓴 남자와 같이 온다.

　남자는 엉긴 그물을 자르고 새끼 고양이를 꺼내 든다. 경은 검은 고양이를 건네받아 잘게 잘게 어루만진다. 작은 고양이는 또 다른 두려움으로 운다. 콧등에 찍힌 하얀 점이 뭔가를 말하는 것 같다. 저쪽 어둠 속에서 굵은 철사 같은 소리로 다급하게 고양이가 운다. 경은 새끼를 바닥에 놓는다. 잠시 비척거리던 새끼 고양이는 근처에서 지켜보고 있는 어미한테로 달려간다. 경은 그 모습을 보며 말한다. 야생동물에겐 허영이 없대. 나, 동물원에 가고 싶어. 언제 한번 같이 갈래?

홍수가 나서 강물이 출렁거리고, 다리 위에도 물이 젖어 있다. 전체가 물로 찬 느낌이다. 나는 한 노인이 운전하는 트럭을 타고 다리를 건너오는데, 노인의 얼굴은 해내야 한다는 의무감과 긴장이 보인다. 다리를 건너서 나를 내려주고, 다시 원래 자리로 가서 경(확실하진 않지만 느낌으로 경이라고 생각한다)을 태우고 와야 하는데, 자꾸 물이 불어 무사히 건너올지 걱정이다. 다리는 물이 넘쳐 출렁거리며 잠기려고 한다. 노인은 진중하게 건너편을 가늠하며 물길을 바라보는데⋯⋯.

건널지 말지 노인의 선택이 미지수인 상태에서 잠이 깼다. 현실로 돌아와서도 꿈의 물길에 담겨 있다. 왜 한꺼번에 모두 트럭에 태우지 않았을까. 무리해서라도 같이 타면 될 텐데. 마치 차 하나에 한 사람만 태워야 한다는 규칙이나 관습이 있는 것처럼, 그 터부를 깨뜨릴 생각을 못했다. 꿈속에서도 너무나 당연히 받아들였다. 꿈이 자유롭다는 건 착각일지 모른다. 꿈에서도 현실과 마찬가지로 일상의 암묵적인 규제로부터 자유롭지 못하다.

쉬고 있으니 다시 직장으로 돌아가기 싫어. 다른 일을 구상하고 있어. 좀 더 마음을 움직일 수 있는 거. 그게 뭔지 지금으로선 확실하지 않지만. 혼자 가만히 있으면, 내 안에서 조그만 소리들이 속삭여. 뭔진 모르겠지만, 뭔가 속살거려. 경은 말했다.

경이 했던 말들을 두서없이 떠올린다.

엄마는 서류 신봉자였어. 강박적으로 뭐든 종이에 쓰고 사인이나 도장이 찍혀 있지 않으면 불안해하고 안심하지 못했어. 믿지 않았어. 사람들을. 말을 신뢰하지 않았던 거 같아. 영수증, 계산서, 각서나 반성문, 심지어 아주 작은 거라도. 모든 게 문서화되어 있어야 했어. 하다못해 동네 슈퍼에서 음료수 하나 살 때도. 빠트리면 다시 가서 영수증 같은 걸 받아 와야 했어. 어릴 때 자주 반성문을 써야 했는데, 거기에 꼭 날짜와 이름이 들어가야 했어. 말로 잘못했어요, 하는 건 소용이 없었어.

여자 비행사.

나 자신이 뭐가 되고 싶은지 알았더라면 비행기 조종사가 되는 것도 괜찮았을 것 같아. (베릴 마크햄의 자서전을 경에게 빌려줬었다.) 거칠 것 없이 자기 직관대로 씩씩하고 용감하게 살았던 그녀처럼. 그건 그 시대와 아프리카라는 공간이기에 가능한 일이었겠지.

나는 상상한다. 경이 베릴이 되어 하늘에서 대양을 횡단하고, 자기가 살던 나라를 떠나 아라비아 사막을 헤매던 아비센나를 안전한 곳으로 데려다주는 장면을. 물론 시대적으로 결코 만날 수는 없지만, 소녀 베릴이 운전하는 경비행기 옆 좌석에 유난히 반짝이는 검은 눈동자의 소년을 태운다. 그 소년은 어느새 내 얼굴로 바뀌어 있다.

어제까지 싸늘했던 기온이 급변해서 정오가 되자 날은 여름처럼 뜨겁고 건조했다. 촉촉하고 무성한 숲을 기대했는데, 날씨 탓인지 나무들은 생기가 없고 나무들 사이에 흐르는 숲의 기운은 막힌 것처럼 메말라 보였다. 흙먼지가 이는 산책길을 걸어 올라가니 동물원 입구 앞 매표소가 보였다. 철문은 조금 열려 있고, 그 앞에서 한 남자가 커다란 빗자루로 나뭇잎들을 쓸어내고 있었다. 매표소는 닫혀 있었다. 그 앞에 안내판이 커다랗게 걸려 있었다. 동물원 폐업 안내문이었다. 이틀 전에 완전 폐업을 했다고 알렸다. 동물원 운영이 어렵다는 건 알고 있었지만, 곧 닫을지도 모른다는 생각을 했지만, 이렇게 빨리 닫을 줄은 몰랐다. 코로나 때문에 타격이 더 빨리 온 것 같았다. 나는 비질을 하는 남자에게 동물들은 여기에 있느냐고 물었다. 아직 옮겨갈 곳을 찾지 못했다고 남자는 말했다. 잠시만 들어갔다 나오면 안 되냐고 하니 남자는 강하게 안 된다고 말하고는 우리를 외면했다. 안쪽 나무들 사이로 철창들이 있을 법한 곳에서는 죽은 듯이 아무 소리도 들리지 않았다. 원래 동물원 자체가 존재하지 않았다는 듯 침묵만이 고여 있었다. 우리는 입구에서 쓸쓸하게 돌아섰다.

재네들은 또 어디로 갈까. 경은 내게 작은 소리로 속삭였다. 나는 경에게 왜 여기 오고 싶었냐고 물었다. 모르겠어. 그냥 여기에 꼭 한번 와봐야 할 것 같았어. 사람들이 찾지 않을 것 같은 겨울 동물원을 보고 싶었는데, 시기를 놓쳤어. 뉴스에서 본 우울증 걸린 북극곰의 반복적인 고갯짓이나 굶주려서 뼈만 남은 사자. 그런 장면이 떠오르더라.

우리에 갇힌 야생동물들은 야생성을 기억할까.

기억한다면 사는 게 더 괴로울 거야. 동물원은 없어져야 해. 경이 말했다.

간간이 등산객들을 지나치며 쭉쭉 뻗은 나무들이 서 있는 수원지 쪽으로 올라갔다. 군데군데 까마귀 무리가 검은 깃털을 번쩍이며 모여 있었다. 전혀 사람을 경계하지 않았다. 윤기가 반드르한 검은 물체 하나는 날개를 펄럭이며 숲 저쪽으로 날아갔다. 경에게 얘기한다. 뚜렷하게 기억나는 건 바다 한가운데 배 안이야. 파란 물이 넘실거려. 배 안에 책이 산더미로 쌓여 있어. 도서관 같은 배야. 나는 무언가에 쫓겨 책을 바다로 던져. 자꾸자꾸 바다에 책을 버렸어. 이상한 꿈이지. 나쁜 꿈인가?

음, 널 자유롭게 하는 꿈이 아닐까. 더 넓은 세계로 훨훨 풀려나는 꿈? 경은 사이를 두었다 이어 말한다. 요즘 나는 이상한 걸 기록해. 창백한 멸치의 생애를. 불만족스러운 멸치, 불화하는 멸치, 그러나 몰락하지 않으려는 멸치.

웬 멸치? 내 입은 주체할 수 없는 웃음을 띠고 경을 본다.

단순한 그림에 살짝 글을 곁들이는 형식으로. 모르겠어. 왜 멸치인지. 비록 작고 하찮아 보이지만 은빛 무리를 지어 자유롭게 떠다니는 멸치는 식탁에서 보는 멸치랑 완전히 다를 거야. 호래기와 만나 멋지게 사랑하게 할까 봐.

나는 호오, 하는 감탄의 휘파람을 보내고는 경을 본다. 경의 또렷한 귀를 본다. 귀를 세우고서 귀주머니가 움직인다. 내 말뿐 아니라, 어설픈 휘파람도 심지어 자신이 흘린 말의 일부도 귀주머니에 서둘러 담는다. 저리 바쁘게 쫑긋거리는 매력적인 그녀의 귀 문(門).

귀주머니 속 흩어진 말 조각들을 맞춰 본다. 어쩌면 이 세상에
없는 낯선 말들의 조합이 이루어질지도 모르겠다. 기묘하고 낯선
말들의 감각이 농담처럼 흘러나올지도.

소리와 흐름

록의 부치지 못한 노래

기억하나요? 당신이 거대한 종탑이 있는 모스크 사원의 붉은 원주 기둥 숲으로 사라졌을 때, 팔백오십 개의 말발굽 모양의 기둥들이 끝없이 서 있는 그림자와 그림자 사이에서 당신을 잃었을 때, 그때는 미처 몰랐었지요. 당신이 곧 내 뒤에 나타나 어깨를 가볍게 쥐며 놀래키거나, 사원 입구 밖 키 큰 종려나무 아래 포석에 앉아 자신의 안경을 벗고서 안경다리를 만지며 망연히 어딘가를 향해, 하늘에 걸린 조각구름을 보거나, 분수대의 물줄기를 보며 나를 기다리고 있을 거라고 기대했지요. 당신을 다신 볼 수 없으리란 걸 그때 생각이나 했을까요. 당황해서 잠시 당신을 이리저리 찾았으나 곧 만나리라는 믿음에 난 차분하게 그 많은 기둥들 사이를 지나 아라베스크 별 문양이 있는 목재 창틀을 지나 하얀 벽들을 지나, 금가루를 뿌린 듯한 돔 천장으로 비쳐 드는 빛을 따라 관광객 일행들을 지나치며 미로 같은 긴 회랑을 지나 당신에게 이르는 길을 조바심치며, 그러나 겉으로는 차곡차곡 다지듯 출구를 찾아 걸어 나왔지요. 사원 속을 휘돌아 나오면서 왜 나는 어릴 때 본 영화의 한 장면을 떠올렸을까요. 제목도 물론 어떤 영화였는지조차 기억나지 않아요. 그러나 어린 소년이 어딘가에 갇혀 누군가를 애타게 부르고 있으며 그 아이의 호명은 마치 종의 내부에 부딪혀 피를 흘리는 것 같았어요. 발 아래 밟힌 새처럼 마지막 날갯짓의 절규를 아무도 알아채지 못하리라는 체념에서 오는 소년의 고독감과 공포가 고스란히 느껴졌어요. 당신이 나타나지 않았을 때 벽 속에 갇혀 이름을 부르던 핏빛 소리가 내 안에서 뎅그렁뎅그렁 사원의 종소리가 되어 차가운 심장의 벽을 울렸다는 걸……

록사나 록사나

지하실에서 고양이가 탬버린처럼 울었다. 록의 이름을 부르듯. 그 사이로 낮게 빗방울 떨어지듯 이어지던 드럼과 좀 더 선명한 피아노 음률이 잦아지며 멈춘다.

록, 다음은 네 차례야.

지하실 벽을 타고 물처럼 흘러드는 고양이 소리의 파장에서 깨어나며 록은 의자에서 일어난다. 의자 위에는 그녀의 드레스에서 떨어진 은빛 스팽글 하나가 반짝인다. 드럼이 먼저 가볍게 빗소리처럼 스텝을 밟는다. 이어 색소폰이 소리의 등뼈가 되어 공간을 채우고 피아노 소리가 그 사이를 가로지른다. 록은 읊조리듯 독백을 하며 느리게 몸을 흔든다. 원곡을 비틀어 전혀 다른 곡인 것처럼 부른다. 드럼의 빗소리가 지속적으로 배음으로 깔린다. 지하 공간에는 낮은 한숨 소리와 구석으로 비켜난 어둠이 풀어지며 물처럼 섞인다. 기타 소리가 스며들며 잔잔하게 물보라를 일으킨다. 물바람에 록의 목소리가 실리며 손님들의 어깨 위에 내려앉는다.

혼란스러운 여행길에서 돌아와 보니 배낭 속에 있던, 당신이 기념품 가게에서 사준 푸른 종이 그려진 흰 사각 접시가, 진부한 상징처럼 금이 가 있었죠. 균열이 간 접시가 완전히 두 개로 분리되기 전에 재빨리 접착제로 실보다 가는 틈을 메우며 당신과 나의 끈을 허망하게도 이어보려 했었죠. 나는 왜 당신에게 난 무수한 실금을 눈치채지 못했을까요. 아니 당신에게 실금이 가 있었을 거라는 건 나중에 짐작하게 된 일일 뿐 아무것도 알 수 없었어요. 당신이 누군가에게 이끌려 따라갔을 거라는 생각은 하지 않아요. 당신은 결코 즉흥적이거나 순간적인 감정으로 결정할 사람이 아니란 걸 알아요. 아니, 아니, 몰라요……. 지금 내 책상 서랍 속에 있는 건 투명한 접착 흔적이 있는 흰 접시와 황색의 세계 지도가 그려진 안경집과 가느다란 금속 다리를 가진 무테안경 하나가 남겨져 있네요. 그리고 소리, 소리 들이 있어요. 당신의 안경다리를 검지로 쓸며 금속 질감을 느낍니다. 동그란 렌즈의 테두리를 손가락으로 따라가 봅니다. 당신이 안경을 쓰면 신경질적인 예민함이 존재 너머 한곳을 향해 물처럼 부드럽게 퍼지는 듯했어요. 안경을 썼을 때의 당신이 더 당신답다고 생각되어 다섯 걸음 정도 떨어진 곳에서 보기를 즐겼지요. 당신이 눈이 피로하거나 생각에 잠길 때 안경을 벗어 안경다리를 검지로 문지르던 그 모습이 여전히 하나의 초점이 되어 눈앞에 남아 있어요.

　어느 겨울 번화가의 길을 걷다 검은 배낭을 멘 낯설지 않은 뒷모습의 남자를 급히 따라간 적도 있어요. 당신이구나 싶어 인파 속을 헤치며 다가가 외투의 소매를 붙들었을 때 돌아보던 낯선 모습에 가슴이 풀썩 내려앉은 적도 있었지요. 당신일 리가 없는데 말이죠. 당신은 어디로 간 걸까요. 어디에 있는 걸까요. 현지의 영사관과 경찰서에 실종 신고를 해봤지만, 비행기의 출국 승객 명단 어디에서도 당신의 흔적을 찾을 수 없었어요. 그때의 절망감이란. 그때는 세계 도처에서 종교나 이해관계의 갈등으로 테러의 위협이 있었고, 드물게 여행객을 납치해 그들의 수단으로 삼는 경우도 있었지요. 그렇다면 그들은 목숨 값을 요구했을 텐데 아무런 신호도 없었어요. 실종보다 증발이라는 말이 어울려요. 차원이 다른 외계로 스며든 게 아니라면 어떻게 아무런 흔적도 남기지 않고 어디론가 사라질 수 있는 건가요.

리듬은, 피아노 소리는 파도처럼 퍼진다. 모래 해변으로 올라와 치마폭처럼 퍼졌다가 모래 속으로 스며들어 물무늬만 남기며 다시 바다로 나간다. 목소리는 물안개처럼 희미하게 속삭이며 감긴다. 소리와 조명의 파동이 물결친다.

록은 중국인 아버지와 한국인 어머니 사이에서 태어났다. 록이 일곱 살 되던 해 그녀의 아버지는 일본으로 건너갔고, 록 앞으로 빨간 비단 천에 꽃이 직조된 동전 지갑을 보내고는 소식을 끊었다. 아버지는 한국 생활을 못 견뎌 했다. 겉으로 그녀의 어머니 앞에서 드러내지는 않았지만, 결과적으로 그랬다. 내 집에 얹혀 백수로 빈둥거리는 사위의 모습이 꼴 보기 싫었다고 할머니가 불평하는 걸 록은 들었고, 그 문제로 어머니와 다투는 모습도 보았다. 록의 어머니는 일본으로 들어가서 남편의 행방을 수소문하다 혼자 나왔다. 어디 있는지 찾을 수 없었다고 할머니에게 어머니는 매듭짓듯 말했다. 그러나 나중에 커서 짐작한 바로는 아버지를 만났으나 그가 절대로 한국으로 오고 싶어 하지 않아서, 또 하나는 다른 여자와 살고 있어서, 어머니의 자존심에 이미 상처를 받았으나, 그 상처를 들키지 않으려고 못 찾은 것으로 위장했다는 걸 어렴풋이 알게 되었다. 집으로 돌아온 뒤의 어머니의 말투나 행동에서 그를 완전히 단념한 게 자신의 자발적 의지라기보다 어쩔 수 없는 상황이었다는 걸 커서 알게 되었기 때문이다. 그 뒤로 지금까지 삼십여 년 동안 록은 그를 본 적이 없었다. 들리는 소문에 친척 중 누군가가 아버지를 대만 어딘가에서 보았다고도, 상하이에서 마주치기도 했었다고 말했다.

록의 소리가 피아노와 드럼과 기타 소리와 어우러지며 천장을 스쳤다가 벽을 만졌다가 손님들의 피부와 접촉했다 숨소리와 섞인다. 소리는 실내를 돌아 무대 위 록의 입술로 다시 흘러든다. 무대 가운데의 조명이 록의 머리카락과 얼굴 표면의 그림자를 걷어낸다.

당신은 좀 이상한 사람이었어요. 꼬박 한나절을 굶어도 물이나 커피 외엔 먹는 것을 찾지 않았어요. 먹는 걸 즐길 줄 몰랐어요. 이틀이나 사흘 제대로 잠을 자지 않아도 눈이 피로해서 붉고 뻑뻑한 눈을 한동안 감고 있다 다시 연구하던 일에 열중하죠. 일에 빠지면 다른 걸 돌아보지 않았어요. 그러다 마음먹은 대로 어느 정도 일이 매듭지어지면, 창고 같은 연구실 책상 앞에서 일어나 냉장고에서 물을 꺼내 마시고는 소파에 한참 동안 멍하니 앉아 있죠. 그러다 정상적으로 생체리듬이 돌아오면, 한꺼번에 빈속을 채우듯 먹기 시작했어요. 잠도 몰아서 스무 시간 이상 잘 땐 나무 아래 땅속에서 수년을 잠자는 유충이나 동굴 천장에 거꾸로 매달린 날개 접은 박쥐를 떠올리게 했어요. 나는 당신의 생활을 눈앞에서 보는 듯 그립니다. 또 다른 장면 하나. 소리 나지 않는 걸음걸이로 다가가 북쪽으로 날아가는 새 떼를 가리키던 손짓, 수면 위에 가만히 있는 피사체에 길면서 투박한 마디와 타원형의 손톱을 가진 손으로 카메라 렌즈를 조절하던 동작들. 당신은 대체로 참 조용한 사람이었어요. 어떤 일에 잡혀 그 주제로 흥분할 때는 목소리를 높여 장황하게 이야기를 하기도 했지만 윗니 두세 개를 살짝 보이며 가만히 소리 나지 않게 웃거나 나지막하게 말했죠. 그 조용함으로 오히려 귀를 기울여 집중하게 하는 묘한 힘이 있었어요. 당신이 저~기라는 말을 길게 빼며, 사이를 두었다가 상대방의 얼굴을 보며 조심스럽게 말을 꺼낼 때면, 듣는 쪽이 약간 긴장해서 어떤 기대를 가지고 당신의 말을 바라보게 돼요. 듣는다기보다 본다는 말이 더 적절한 표현이겠군요. 당신의 말은 모양과 형태를 가지고 있어서 솜털로 감싸인 벙어리장갑 같았죠. 요술 주머니처럼 장갑 안에 손을 넣으면 장난감이나 캐러멜이나 장미나 백합 같은 꽃이 나올 것 같은 그런 둥근 장갑이요. 간혹 부드러운 솜털 속에 숨어 있던 가시가 살갗을 찌르기도 하지요. 당신이 안경을 벗으면 세상에 무심한 듯한 시니컬함이, 사람들의 말이나 평가에 관심이 없으며 하등의 가치가 없다는 듯한 시선을 보일 때 상대방은 당황하지요. 무시당한 느낌에 적잖이 불쾌해지기도 하며 잘 알지도 못하는 당신에게 반감을 가지게도 하지요. 그 반어적 느낌을 안경이 상쇄해 주죠. 어쨌거나 당신은 타인들 앞에서 안경을 벗는 일이 그리 흔하지는 않으니까요. 안경을 쓰지 않은, 순간적으로 본질을 꿰는 듯한 눈빛도 좋아했답니다. 제비가 수면을 스치며 물의 속성과

154

마주치고는 미련 없이 날아가듯.

당신이 내게 남긴 소리들이 있지요.

풀벌레와 곤충과 새소리, 숲속 나무들 사이로 떨어지는 빗소리, 바람에 잎이 흔들리는 소리…… 보이지 않지만 시각적으로 만지고 느낄 수 있는 소리의 풍경들.

아버지와 어머니는 어떻게 만났을까. 알 수 없었다. 그럴듯하게 꾸며서 얘기할 만도 한데, 어머니는 말을 하지 않았다. 할머니는 아버지가 근본 없는 떠돌이로 인물만 멀끔하고 도무지 마음에 드는 구석이 없었다고 했다. 어머니는 아버지가 외교공관 주재원이었을 때 만났다고 했다. 숱 많은 머리를 단정하게 붙이고서 정장을 입은 아버지와 패션 잡지를 핸드백처럼 손에 쥐고서 블라우스와 진 차림의 어머니가 영사관 앞에 나란하게 서서 찍은 사진이 있었다. 할머니는 아버지가 잘못해서 공관에서 쫓겨났거나, 어머니가 사실이라고 한 아버지의 직업을 믿지 않았다. 아버지는 화교 출신으로 한국에서 뿌리내리기 위해 어머니와 결혼한 것인지 알 수 없었다. 아버지 나름대로 눈먼 사랑에 책임지려 무던히 한국에 정착하려 애썼는지도 모른다. 아버지의 고향이나, 그 외 그와 관련된 아버지의 말에 의해 사실이나 진심이라고 믿었던 것들이 부서지면서 어머니는 자신의 사랑을 침묵으로 지키는 방법을 택했다. 아버지는 자신의 선택이 이른 후회로 남았던 것에 비해 어머니는 자신의 사랑이 오류였다는 것을 인정하고 싶지 않은 듯했다.

어머니는 억척같이 일해서 몸이 좋지 않았다. 할머니의 기본 재산이 있어 그리 악착을 떨지 않아도 되었는데, 이런저런 사업을 벌여 어머니는 미친 듯 일에 몰두했다. 어머니한테서는 늘 LARK 담배 냄새가 났다. 어머니는 눈도, 코도, 입도, 키도 크고, 손마디도 굵고 컸다. 패셔니스트로 감각적으로 옷을 입고, 옷을 좋아하던 어머니의 취향대로 처음엔 빈티지 옷집으로 시작했지만, 차츰 식품이나 생활용품 등 수입품을 늘여 사업을 키워갔다. 돈을 빌려주고 이자를 받는 돈놀이도 했다. 작은 가게에서 발전해 큰 잡화상을 하며 그쪽 사회에서 자리 잡았다. 어머니는 록이 아저씨라 부르는 사람을 오빠로 여기며 연인처럼 다정하게 지내는 것 같았으나 법적인 테두리에는 갇히려 하지 않았다.

리듬이 흐른다. 천장 사이드에서 쏟아지는 푸른빛의 조명이 차분하게 안으로 모이다 분산된다. 다시 분홍빛이 록의 머리카락 위에서 산란하며, 푸른빛과 불화하듯 빛의 스파크가 튄다. 그 사이로 중재하듯 드럼 소리가 끼어든다.

록은 노래 부르다 간주 사이에 문득 뒤를 돌아봤다. 무대 뒤 어둠이 그녀를 골똘히 쳐다본다. 어둠 속 눈이 도마뱀처럼 벽에 붙어서 무대 쪽을 주시하고 있었다. 천연덕스럽게 또아리 튼 무엇.

156

록은 얼핏 들여다본 어둠 속 눈을 외면하며 마이크를 힘주어 잡았다. 색소폰이 베이스 역할을 한다. 튀지 않게 낮게. 그러다 홀로 제 소리를 낼 때는 울게 내버려 둬야 한다. 낮게 피아노의 리듬이 흐르고. 사이사이 드럼의 자작이는 발걸음 같은 소리. 모래밭을 걸어가는 소리.

어머니의 크고 마디진 손가락에서 담배가 타들어 가고 있다. 담배를 쥐지 않은 다른 한 손은 꼬불꼬불 컬한 머리칼을 덤불처럼 헤집고는 손가락을 고정한 채 박아놓고 있다. 어머니의 저런 모습은 종종 록을 난감하게 한다. 화나게 한다. 문제를 회피하려는 태도. 아니면 이미 결론을 혼자 다 내려놓고는 결정을 미루는 듯한 태도. 일과 달리 감정적인 문제만큼은 어머니는 내게 지연하거나 장막을 친다. 할머니와 어머니가 싸울 때는 원시적으로 격렬하다. 소리가 커지고 할머니는 어머니의 못마땅한 점을 끄집어내 비아냥거리고 어머니는 할머니의 약한 부분을 건드린다. 반대로 어머니는 록 앞에서는 벽처럼 자주 입을 닫는다. 록은 어머니의 태도에 격해질 때가 있으나 대개 그녀를 가엽게 여긴다. 어떨 때는 오히려 록이 어머니의 언니 같다고 여긴다. 어머니가 담배를 피다 연기에 큰 눈을 비비며 물기를 닦아내거나, 베란다로 들어온 햇빛 아래 무릎을 구부려 앉아 타들어 간 흰 담뱃재를 뭉텅이로 떨어트릴 때까지 멍하니 있다 손가락이 뜨거워 정신을 차리거나, 김치볶음밥에 꼭 달걀 두 개를 프라이팬 모서리에 쳐서 깨트려 넣거나, 이년아, 담배 좀 작작 피워라는 할머니의 습관적 야단을 들을 때

나. 어머니의 강한 듯한 겉모습 안 여린 심성이 언뜻언뜻 드러나 록의 눈에 담긴다. 네 모서리가 접힌 사각봉투처럼 모서리가 없는 네모같이 보일 때가 있다. 네모의 특성을 잃어버린 기묘한 사각이라고 말하지만 정확한 느낌을 전달하기가 힘들다. 어머니도 아버지를 일찍 잃었다.

보도블록이 박힌 가로수 아래를 걷는다. 일곱 살이었나(아버지가 일본으로 떠난 뒤일 것이다). 나는 작고 어머니는 크다. 크게 느껴진다. 어머니의 하이힐 굽이 블록 틈새에 끼어 큰 키의 어머니가 삐걱이다 그대로 엎어졌다. 어머니는 금방 일어나지 않고 등을 보인 채 쓰러진 나무둥치처럼 있었다. 그건 자그마한 사람이 넘어질 때와 사뭇 달랐을 것이다. 나는 너무나 놀라 어머니 곁에서 어쩔 줄 모른다. 죽은 게 아닐까. 이윽고 어머니는 아코디언처럼 몸을 오므리더니 피가 흐르는 까진 무릎을 보며 앉은 채로 한동안 꼼짝하지 않았다. 긁힌 턱과 멍든 얼굴 위로 마스카라 속눈썹이 살짝 떨어져 덜렁거렸다. 그 후로 어머니는 굽 높은 구두는 신지 않았던 것 같다.

어머니는 일을 하면서 일 속에 잠겨버렸다. 어느덧 여린 심성은 숨고 표면적인 강함이 일과 함께 두드러졌다. 사람들은 말했다. 니네 엄마는 강한 여자야. 한나 씨는 남자 뺨치게 추진력이 있어. 사업 수완이 웬만한 남자들도 나가떨어지지. 단단한 껍데기 속 여린 속살을 알아봐 준 드문 사람이 록이 아저씨라 부르는 나이 지긋한 남자였다. 어머니는 아저씨 앞에서는 크게 이빨을 보이며 웃기도 하고 수줍어하기도 하는 소녀가 되었다. 아저씨는 어머니를 달래거나 어르기도 하면서 귀엽게 여겼다. 아저씨 앞에서 어머니의 모습은 낯설었지만 록은 어머니의 그런 점을 발견할 때 좋았다. 귀여웠다.

리듬이 흐른다. 파장 반사 굴절 같은 빛의 여러 현상들처럼 소리가 구르며 변환한다. 맑고 낭랑한 피아노의 음이 또르르르 구른다. 록은 느리게 느리게 리듬을 타며 신음처럼 속삭임처럼 보이스의 색채를 드러낸다. 무슨 색일까, 그레이, 연한 브라운, 갈대, 카키의 음색이 흐른다.

판서하는 선생님의 뒷모습을 보다 햇빛이 내리쬐는 운동장을 본다. 운동장은 텅 비어 있고, 주택가와 경계진 울타리 아래의 테니스 코트에서 하얀 캡을 쓴 두 여자가 공을 주고받고 있다. 햇빛이 환하다. 빛의 내부로 들어가고 싶다. 나는 왜 여기 의자에 묶여 있을까, 안으로 흐르는 피는 끓어서 피부 속을 뛰쳐나가고 싶어 하는데, 심장은 뜨겁게 솟구치는데 침이 튀는 선생님의 말은 귀 바깥에서 머물고 교실에는 나른한 잠기 어린 권태가 떠돈다. 입체적이지 않다, 정물, 부당하다, 부조리하다, 이른 아침부터 밤까지 과연 무엇을 위해…… 지금 원하는 것은 멀찌감치 떼어놓고 나중에…… 나중에…… 더 나은 미래가 온다구? 하얀 원피스를 입고 맨발로 해변의 모래밭을 걷고 싶다. 지금, 잔잔하고 한적한 바다 가까이 큰 파라솔을 꽂아놓고 그 아래서 글자 없는 책을 읽고 싶다…… 편상화 bright 스쿠터 벌목 흡혈귀…… 똑같이 학습해야 하는 교과서 대신. 내 앞으로 분필이 날아온다. 록! 어딜 보는 거야, 잘생긴 내 얼굴은 안 보고 창가에 정신이 팔려 있어. 앞을 봐.

창을 두드리는 빗소리. 유리창으로 흘러내리는 빗물. 빗물의 노크를 받아들이고 비에게 문을 열어주고 싶다. 저 봐, 간절하게 손짓하잖아, 비에게 속해서 비와 함께 춤추고 싶어라, 젖은 채 습기에 흠뻑 취한 풀 냄새, 흙 냄새, 나무 냄새를 맡고 싶어라. 손목에서 뛰는 맥박, 취하고 싶어라…… 분홍 리본 모슬린 천 벙어리장갑 레인코트 부엉이…… 오늘 며칠이지? 17일이지. 17번 일어나 대답해 봐. 17번! 17번! 어떤 손이 어깨를 친다. 나는 놀라 비에게 열었던 문손잡이를 놓친다. 공인과 검증의 학습 기간 내내 손을 놓치고 이곳도 저곳도 아닌 어중간한 경계에서 어정쩡하게 시간의 복도를 떠돈다. 록 넌 어디에 가 있는 거니.

소리가 구체적 형상을 띠고 말을 건넨다. 사물들이 소리를 낸다. 각기 다른 소리를.

록은 말처럼 뛴다, 헤비메탈 그룹처럼, 우르르 쏟아진다, 별이 튄다.

갑자기 빗방울이 떨어진다. 당신과 손을 잡고 시장 거리를 걷다 머리를 손으로 가리고 뛰어가 어느 가게 차일 아래 선다. 직선으로 긋는 비의 밀도는 성급하고 조밀하다. 매대 옆 솥에서 수증기가 빠져나오고 당신의 안경에는 김이 서려 있다. 당신은 안경을 벗어 눈을 한 번 쓸고서 빗물로 시야가 가려진 밖을 무연히 바라본다. 솥에서는 술빵이 익어가고 거리도 김이 서리며 차갑게 익어간다.

저물녘 늪에는 낮과 다른 소리들로 가득하다. 밤에는 검은 수면 위로 파란 불빛들이 은하수처럼 퍼져 있다. 검은 풀과 나무들 주위로도 반딧불이가 부유한다. 반딧불의 빛 말고는 주위가 온통 까맣다. 가만히 귀를 기울여봐. 곧장 내이를 통과한 소리들이 뇌를 공명하며 온갖 소리들이 쏟아져 들어온다. 놀랍다. 당신과 나는 숨죽인 채 소리의 향연에 빨려든다. 20미터 밖 당신이 설치한 특수 마이크로 연결된 헤드폰으로 곤충과 풀벌레와 풀과 나무와 바람, 소리 들이 합창으로 뭉쳤다가 그중 한 소리의 군집이 또렷해지며 개별적이 된다. 쏴쏴 모래밭을 쓸어내리는 듯한 소리가 멈추자 다른 소리가 기다렸다는 듯 바통을 이어받는다. 쓰르르 쓱쓱, 저마다 독특한 음역으로 자신을, 자신의 종(種)을 드러낸다. 그들은 서로를 방해하거나 간섭하지 않는다. 밤에는 메아리의 반향음이 더 풍부하다. 비현실적인 다른 세상에 와 있다. 맨 귀로 들을 수 없는 소리들. 당신은 소리를 듣는 게 아니다. 소리를 읽는다. 당신은 야생의 소리를 채집한다. 녹음한다. 풀잎 비벼대는 소리, 밤새 소리. 물 아래서 보글보글거리는 소리, 꾸르륵거리는 소리, 속이 빈 갈대 구멍으로 바람이 드나드는 소리…… 몸으로 소리를 느껴봐.

손전등에 의지해서 숲길을 나올 땐 이 세상에 당신과 나 둘만 세상에 남은 것 같았습니다.

리듬이 흐른다. 멜로디가 물방울이 되어 탁자의 빈 잔이나 손에 든 술잔으로 떨어진다.

아버지에 대한 기억은 희미하다. 비교적 뚜렷하게 남아 있는 두 장면이 있다. 등을 구부려 앉아서 다리 하나를 모로 세워 발톱을 깎는 장면. 다른 하나는 공원이나 유원지 같은데, 양편 두 개의 길 사이에 깊지 않은 폭넓은 개울물이 세차게 흐른다. 물을 건너가게끔 평편하고 네모난 돌이 징검다리처럼 길게 놓여 있어 아버지가 내 손을 이끌어 건넜던 기억, 징검돌 사이로 부딪치며 갈라지던 하얀 물길과 물소리와 아버지의 팔. 아버지의 얼굴은 잘 보이지 않는데 흐릿하게 웃고 있는 모습. 어머니도 옆에 있었을 텐데(어머니도 옆에서 지켜보고 있었을 거라는 느낌은 있다). 록은 어머니에게 그때 갔던 장소가 어디냐고 물었더니, 그런 곳에 아버지와 간 적이 없다고 말했다. 네가 착각하는 거라고. 록의 기억 속엔 또렷했다. 그늘진 물 위로 나뭇잎들이 떠서 뭉쳐 있고 시원하게 소리를 내며 흘러가던 물길과 내밀던 손과 팔에서 느껴지던 감촉.

록은 대기실로 들어가 휴식을 취한다. 록은 스포츠음료를 마시고 얼굴의 땀을 닦는다. 록의 뒤를 이어 장미가 무대에서 노래한다. 습기 많은 장미의 목소리는 덩굴처럼 감긴다.

물론 좋은 기억만 있은 건 아니죠. 시간이 지나고 나니 다 가엾고 애잔해요.
이미 사라진 것들이라 그럴까요? 되돌릴 수 없는 거라서.
베트란티에, 베트랑티엔
네? 지명인가요? 사람 이름인가요? 이미 없는 건가요?
바다에서 매일 일천 송이의 꽃을 피우는.
뭐라구요?
말도 안 돼.

록은 어쩌다 노래를 부르게 되었을까. 그것도 무대 위에서 록사나로 불리는 가수로 살게 되었을까. 사는 걸까. 살고 있는 걸까. 노래의 씨앗은 언제부터. 누군가의 뒤꽁무니에서 소리의 연기가 빠져나온다. 록은 어릴 때부터 리듬이 흘러나오는 대로 흥얼거리는 것을 좋아했다. 어느 순간 어른들이 자꾸 노래를 불러보라고 했다. 너는 니 마음대로 이상하게 부르는구나. 그런데 듣기가 좋아, bright 브라이트! 좀 커서는 한 친구가 다가와 록에게 속삭였다.

음악 시간에 여러 명이 불러도 니 목소리는 표가 나. 뭐라고 표현해야 하지, 음, 해가 나는데 비가 내리는 느낌? 비가 내리는데 한쪽 편에서 빗줄기 사이로 해가 비치는 그런 느낌이랄까. 좀 독특해.

록은 유명하지 않다. 록은 무명 가수인 게 마음에 든다.

장미는 안개를 헤치며 미로 같은 숲으로 들어간다. 노래로 길을 만든다. 장미는 실내에서 잠든 사람의 손을 잡고 우거진 수풀로, 비밀의 숲 속으로 데리고 간다. 안개 낀 숲에는 피아노와 바이올린과 당신의 목소리가 흐른다. 나를 봐요. 당신을 좇아가요.

당신이 없는 곳으로 다시 갑니다. 갔습니다. 당신과 갔던 그 장소를 돌아다녔답니다. 몇백 년을 견뎌낸 오래된 돌벽과 건물은 세월과 상관없이 여전하고, 모든 것들은, 분수나 나무나 풀이나 다 제자리에서 소멸과 생성의 과정을 반복하고 있더군요. 당신의 부재 이후 십 년은, 더디고 느렸던 그 시간들은 돌아보면 너무나 빨리 흘러가 버렸더군요. 그 시간 속에서 늘 당신만 생각한 건 아니지만, 지워져갔지만, 지워졌지만 그래도 한 번씩 당신이 어딘가에 있으리라는 생각은 떨칠 수가 없었네요. 꿈속에서 번번이 말발굽 모양의 무수한 기둥이 서 있는 인적이 없는 사원을 헤매는 장면에서 깬답니다. 당신의 이름을 외쳐 부르지만 정작 소리는 잠겨

말이 되어 나오지 않아요. 어느 순간은 당신이 앉았을 법한 사이프러스 나무 아래서 당신이 나타날 거라는 확신으로 기다리는 모습을, 꿈에서도 분리가 된 내가 나를 보고 있습니다. 꿈에서도 당신은 나타나지 않습니다. 마치 숨바꼭질하듯 어딘가 숨어 술래를 지켜보고 있다는 느낌이 생생하게 전해집니다. 아 또 길을 잃습니다. 당신은 길목 곳곳에 웅덩이를 만들어놓았네요. 검은 수면을 가진 물웅덩이를 피하려다 물 위에 나타난 형체를 봅니다. 나, 인 것 같습니다. 감광지에 인화된 유령 같은 모습을 들여다봅니다. 곳곳에 출몰합니다. 나는 돌 하나를 집어 수면 위로 던집니다. 휑하니 빈 듯한 겁먹은 눈의 형상은 깨져 흐트러졌다가 다시 원래대로 붙습니다. 한 번 더 돌을 던집니다. 소용없는 반복을 합니다. 나는 웅덩이를 피하지 못하고 그렇다고 넘어가지도 못하고 서성거립니다. 웅덩이를 피할 수는 없습니다. 먹지에 찍힌 그림자 같은 형체를 어쩔 수 없이 마주 봅니다.

　귀 기울여 봐. 바이러스도 소리를 내.*
　개미의 노래를 들어본 적 있나? 뒷다리를 들고 날개를 비비며 소리를 내지.**
　나는 맨귀로 들을 수 없는 작은 생물체의 소리를 듣습니다. 네, 놀랍습니다. 눈으로 볼 때 침묵이었지, 그들은 나름의 소리

---

* 버니 크라우스의 『자연의 노래를 들어라』 참고.
** 버니 크라우스의 『자연의 노래를 들어라』 참고.

신호를 보내며 우리 곁에서 존재하고 있었던 겁니다. 그것은 기적이었습니다. 당신은 내게 눈으로 들을 수 없었던 세계를 보고 듣게 해주었지요. 나는 그것을 '당신의 소리'라고 이름 붙입니다. 맞습니다. 당신은 내게 많은, 아니 아주 작고 다른 소리의 지문들을 남겼습니다. 지금도 내게 남겨진 당신의 언어를 듣습니다. 예전 아날로그식 녹음 테이프에서 흘러나오는 소리의 세계로 들어갑니다. 나는 디지털 방식보다 미니 트렁크 같은 은빛 몸체에서 바깥으로 노출된 두 개의 릴이 바퀴처럼 돌아가며 내는 소리를 즐겨 듣습니다. 릴테이프에서 흘러나오는 소리가 더 입체적인 실물감으로 와닿기 때문입니다. 음향이 흐르는 길을 따라가며 내 목소리를 입힙니다. 흥얼거려 봅니다. 어느 순간 내가 부르는 노래와 연결되며 나는 그 소리 속 일부가 됩니다. 나는 그들과 다른 특별한 신호를 내는 하나의 개체라는 걸 자연스럽게 깨닫습니다.

누구나 외로운 거예요. 누구나 외로운 거야. 장미는 조명에 속살이 옅게 드러나는 검은 시폰 드레스를 입었다. 피아노 소리만이 단순하게 흐른다. 기교 없이 그녀의 호흡이 실린 노래가 정직한 혼잣말이 되어 부르는 자의 내밀한 고백처럼 들린다.

나뭇가지 같은 필체.
당신의 글씨는 특이했어요. 마르고 건조한 느낌의 음소들이 나

166

열되어 있는 듯했어요. 검은 글씨들이 평면의 여백 위에 나무의 잔가지들이 ㅅ처럼 일어서는, 바람에 날리듯 삐침의 형태로 날아가는 듯했어요. 불안하게 말이죠. 당신은 뭐라고 썼던가요. 아, 아, 아,

밤이군. 사방이 밤의 소리들로 가득해. 낮의 소리와 사뭇 다르지. 비밀이 열리는 소리기도 해. 검푸른 하늘엔 별빛들이 모여 있어.
(어젯밤에 호수 주변의 소리를 녹음하다 현장에서 너와 함께 체험하고 싶다고 생각했지. 조금 전 쉼터에서 눈 좀 붙였다가 목이 말라서 깼지. 차 문을 열고 밖으로 나왔어. 도로를 지나가는 차들을 등지고 목과 어깨를 풀었지. 낮에 지나가는 차바퀴 소리들은 메마르고 신경질적이지. 도로 밖 가드레일 너머 이어진 산들을 보는데 문득 너한테 편지를 써야겠다는 생각이 들더군. 아마 처음 쓰는 편지겠지만 지금 내려가는 위하리 철새 마을에, 아니 어디든 우체국이 보이면 우표를 새 발자국처럼 찍어서 편지를 보내고 싶어.)
나는 말 없는 아이였어. 표현을 할 줄 몰랐지. 단, 아버지의 피리로써 아버지의 조율대로 아버지의 호흡으로 소리를 내야 했지. 정작 내가 원하는 소리가 뭔지는 몰랐어. 안에 가득 차 있었는데 넘쳐 흐르지는 않았지. 고인 것들을 말로 내뱉는 게 힘들었어. 아무 생각이 없는 아이처럼 어떻게 해야 하는 줄 몰랐으니까. 분화하기 전의 형태로 잿빛 먼지로 엉켜 있었어. 그래서 아이 때부터 귀뚜

라미나 풀벌레 소리에 귀를 기울였는지도 모르지. 쟤들은 무슨 말을 하는 걸까, 내가 모르는 어딘가에 숨어서. 병아리를 손바닥에 올려놓고 관찰하기도 하고, 심지어 비오는 날 흙속에서 나오는 지렁이를 오랫동안 들여다보기도 했어. 그때는 무의식적인 행동이었지만 언젠가부터 생명들은 다 각자의 말을 품고 있을 거라 생각하게 된 거지. 너를 알기 이전에 소리가 먼저 있었듯이. 우연히 너의 노래가 말을 걸어왔어. (······)

이런 비슷한 내용이었을 거에요.

훗날 당신의 실종 이후 당신의 메일 주소로 응답 없는 편지를 여러 번 보냈었죠. 혹시나 당신에게서 답이 올까 기다렸지요.

지금 나는 아버지와 마찬가지로, 당신이 누구인지 어떤 사람이었는지 하나도 모르게 되었어요.

내가 당신이라고 여긴 것들도 정말 당신이었을까요. 한낮 태양 아래 분수에서 솟구치던 흩어진 물방울이 빛과 접촉해 잠시 반짝이다 낙하하는 것처럼, 단지 그 찰나의 순간에 물방울이 내 볼을 스쳐 간 것처럼. 그것도 실제로 닿았는지 알 수 없어요.

나는 당신이 누구인지 몰라요. 당신을 몰라요. 내게 당신은 전혀 알지 못하는 미지의 영역입니다.

어쩌면 당신은 내 환상에서 만들어낸 신기루가 아니었을까요.

당신은 처음부터 존재하지 않았습니다.

록은 다시 무대로 나간다. 드럼의 스틱이 가볍고 작게 두드려진다. 빗소리같이 지면에 스며들며 자작이는 소리. 고요한 마음이기를. 이어 피아노 건반이 나직하게 따라 나온다. 색소폰 소리. 깨지거나 부서진 게 아니에요. 록은 피아노의 음 하나와 손을 잡고 허공의 오선지 사이를 넘나들며 줄넘기를 한다. 그림자놀이를 한다.

당신의 푸른 종은 끝내 울리지 않고 접시는 몇 번의 이사로 완전히 깨어져 자디잔 조각들로 해체되었지요. 당신의 안경과 안경집은 버릴 것입니다. 버리려 합니다. 이제 당신이 손에 잡히는 사물로 남지 않아도 괜찮을 것 같습니다. 릴테이프의 상태는 처음과 같지 않습니다만 미세하게 조금씩 조금씩 변화가 생기며 변질되고 있습니다만, 소리의 지문이 지워지기 전에 부피 없는 녹음파일 공간으로 옮길 것입니다. 당신을 나만의 고착된 공간에 가둘 것입니다. 당신의 소리, 소리 들을. 당신을.

모든 것들은 사라지기 위해 존재하는 것 같습니다.

어딘가에 아버지가 살아 있다면, 사진으로 익힌 얼굴이지만, 성만 물려준 아버지지만 아버지로서 나한테 온 이유가 있을 것입니다. 처음부터 나와 사용하는 언어가 달랐겠지만 이제 서툴렀던 한

국어마저 완전히 잊었겠지만 아버지이기 이전에 한 개체로서 한 생명으로서 존재한다면 된 거 아닐까요. 나의 노래가 어쩌면 아버지로부터 온 게 아닐까 싶어요. 우스갯소리지만 어머니는 노래를 부를 줄 모른답니다. 음치에 가깝습니다. 아버지가 보내준 동전 지갑도 내 손에서 서랍 속으로 자리바꿈하다 사춘기를 지나던 어느 시점에 사라져버렸습니다.

모든 것들은 소멸하기 위해 존재하는 것 같습니다.

피아노 소리만 또렷하게 실내를 감쌌다. 록의 음성이 느리고 낮게 나른하게 바닥으로 가라앉는다. 건반에서 흘러나오는 소리와 심벌에 모래를 뿌리는 듯한 드럼의 소리가 섞인다. 리듬이 풀리며, 의식하지 못한 채 하품을 하는 손님의 입을 가린 손등 주위를 감돈다. 록의 소리가 점점 나직하게 아래로 가라앉는다.

나는 아직도 팔백오십 개의 원주 기둥 아래를 헤매고 있는 것 같습니다.

당신은 우리가 알지 못하는 깊은 숲속으로 들어갔습니다. 거기서 당신만의 소리를 채록하고 있는지도 모릅니다. 아니면 당신 자체가 이미 소리의 숲이 되었는지도. 자연의 소리들 중 일부가 되었는지도.

나는 우리는 산란하는 빛과 소리의 흐름 속에 있을 뿐입니다.
흐름 속에 있을 뿐입니다. 그것은 순간에 사로잡힌 영원일 수도
있겠네요.

멈춘다 흐른다

흰빛의 암벽이 절벽처럼 서 있는 동굴 앞

안으로 들어가려는 여자

출근길의 도시 풍경은 흐리고 잿빛이다.

FM의 음악 사이로 차창 밖 풍경이 Y의 눈에 들어온다. 왼쪽으로 강이 흐르고 강물과 나란한 길 위로 차들도 흐른다. 흐르다 멈춘다. 백화점 옆 교차로 인도로 흰 원피스를 입은 긴 머리의 여자가 골든리트리버의 목줄을 쥐고서 경쾌하게 뛰어간다. 덩치 큰 개도 신나 보이고 여자도 아침의 말간 얼굴이다. 순간 여자는 이상한 나라의 앨리스가 된다. Y는 앨리스를 본다. 앨리스는 토끼를 앞세우고서 가볍게 달려간다.

신호가 바뀌고 도로에 고정되어 있던 차들이 움직인다. 흐른다. 바삐 흐른다. 건널목 신호에 걸려 다시 멈춘다. Y는 앞차들의 성급함, 뒤차들의 지연된 행렬 속에 있다.

12차선의 갓길, 흰 실선 밖에서 머뭇거리던 흰 고양이가, 희다기보다 오물과 먼지로 더럽혀진 흰 고양이가 도로로 뛰어든다. 교차로에서 신호에 걸린 차들이 길게 밀린다. 탈진한 듯한 마르고 거친 털의 흰 고양이가 몹시 긴장한 표정으로, 그러나 반쯤은 얼이 빠진 듯 자동차 사이를 스쳐 간다. 갈까, 멈출까, 가다 멈춰, 주위를 두리번. 중앙선까지 이르른 희지 않은 흰 고양이는 6차선 너머 갓길까지의 거리를, 방해물들을 가늠한다. 등을 살짝 구부려 흰다. 흰 고양이를 발견한 Y의 시선이 멈춘다. 고정된다. 흰 고양이의 긴장이 계속 Y를 따라와 저장된다. 진땀을 흘리는 것 같은 흰 고양이는, 불안과 조심스러움이 내비치는 흰 고양이는 어느 순간 한 지점을 포착하고는 훌쩍 길을 박차고는, 멈췄다 움직이려는 차들 사이를 빠져나간다. 갓길에서 멈춰, 건너오기 전의 방향을, 주변을 살피고는 뛰어간다. 흰 고양이는 지나간다. 도로 너머로 가버린다. Y는 도로 한가운데 멈춰 있다.

노란불에서 빨간불로 바뀌자 운전대를 잡은 Y는 횡단보도 앞에서 차를 정지한다. Y는 차를 멈춰 세우는 동시에 눈앞에서 고급 주택가의 어느 큰 저택으로 들어간다. 딸칵하는 전자음 소리와 함께 문이 열린다. 가지런히 디딤돌이 놓인 잘 가꾼 잔디 정원이 펼

처지고, 갑자기 목줄 달린 개가 뛰쳐나와 Y를 향해 짖으며 달려들려고 했다. 놀라서 주저앉을 뻔했던 Y. 진초록색 유리창 앞 선베드에 반쯤 누워 있다 상체를 세워 앉는 남자가 Y를 보고 묘한 웃음을 짓고는 개를 불렀다. 그러자 흰색 털의 덩치 큰 개가 방향을 바꿔 주인에게로 갔다. 부드러우나 자신만만하며 계급이 다른 종류의 사람을 보듯 하는 호기심 어린 미소와 시선이 건네졌다. 스스로 잘난 것을 의식하고 있는 소년 같은 자의식까지 복합적으로 담겨 있었다. 보행자 신호등에 발이 묶인 Y는 평소 자주 다니던 익숙한 길을 가는 차 안에서 느닷없이 웬 남자의 시선을 영상처럼 본다. 일 초도 안 되는 찰나에 눈을 감았다 떴을 뿐인데, 잠든 것도 아니고 꿈도 아닌데 스르륵 펼쳐지는 이 장면은 뭔가? 이해할 수 없는 일이지만, 뜬금없이 문이 열리듯 나타나는 장면들을 정말 이해할 수 없지만 언젠가는 이 수수께끼를 풀어보리라, Y는 속엣말을 한다. 검은 마스크와 다수의 흰 마스크를 쓴 사람들이 도로를 건넌다. 각자의 맞은편으로 뒷모습을 보이며 흩어진다. 초록색 화살표의 칸이 하나하나 줄어들며 깜박이다 빨간 불로 바뀐다.

*

동트기 전 수탉이 목청껏 소리 지르고
귀 없는 닭들은 어디로 듣나
귀 없는 동물은 흐르는 게 느껴질까

모든 새에게는 귀가 없던가

　깃털 안에 숨겨뒀나

　나는 깃털에 스며든다

　나는 머물렀다 흐른다

　봄날 한가운데를 흰색의 벤츠가 지나간다.

　달리 말하면 부드러운 공기가 흐르는 봄날의 도로 위를 하얀 메르세데스 벤츠가 지나가고 있다. 달리고 있다. 바람도 흐른다.

　운전하는 한 남자와 세 명의 여자가 자동차를 타고 달린다. 뒷좌석 열린 창으로 내민 여자의 붉은 머리카락이 바람에 흩날린다. 자동차의 시계는 한 시 사십칠 분이고 동시에 어딘가의 시계는 1시 49분, 다른 어딘가의 타임워치는 1:47:08을 나타낸다. 이 차 안에서는 느리지도 그렇다고 아주 빠르지도 않으며 보통의 일상적 감각으로 시간이 흐른다고 Y는 생각한다. 운전자의 농담에 두 여자의 웃음이 비눗방울처럼 날아간다. 웃음이 공기의 입자로 바람에 흐트러진다. 어떤 생각의 끝에 매달려 있던 Y는 가벼운 말을 가볍게 전달받지 못한다. 공기처럼 퍼지는 웃음의 파동에 Y는 웃으려다 만다. 운전자는 거울에 비치는 뒷좌석의 표정을 본다. 어쩐지 Y는 대하기가 편하지 않다. 보이지 않는 껄끄러움, 그걸 뭐라고 할까. 삐딱한 시선이 걸린다고 할까, 다른 두 여자에 비해 거슬릴 때가 있다.

　운전자인 남자는 세상에 대해 자신만만했다. 이제껏 마음먹은 대로 잘 굴러왔고, 열정적으로 일한 만큼 기대 이상의 보답이 주어졌다고 믿어왔다. 50이 넘어서도 기반을 닦지 못하고 빌빌거린다면 그건 본인이 무능해서라고 경멸하는 시선으로 내려다보았다, 얼마 전까지만 해도. 이 여인들은 뭔가. 꽤 이상한 조합이다. Y나 그 옆의 두 여자가 동석했지만 자연스러운 건 아니었다. Y도 운전하는 T한테서 가시를 느꼈었다. T는 세상을 눈 아래 두는 듯한 자세로, 자신의 생각에 반하는 의견엔 피식, 입가에 냉소를 띄우며 네가 아는 게 다가 아냐 하는 시선으로 재단하는 게 Y에게 전달되었다. 나중에 세 여자의 대화 중에 한 사람이 말했다. T는 까칠한 구석이 있어, 성공했다고 생각하는 자의 오만함 같은 것도 있고. 그래도 이번에 보니 달라지긴 했어. 자동차는 길 속으로 달린다. 달려 나간다. 운전자에게는 익숙한 길이고 세 여자에겐 낯선 길이다. 번성한 도시도, 시골도 아닌 어중간한 소도시 변두리의 길들, 띄엄띄엄 집들과 한갓진 길 사이로 들판이나 빈터들이 스쳐 간다. 어딜 가나 크게 다르지 않은 비슷비슷한 풍경들. 그러다 몇 개의 이어진 낮은 산들 속으로 들어간다. 중간중간에 절개된 산이 황톳빛 경사면을 드러낸다. 피라미드 같은 절개지가 건조한 봄날을 더 메말라 보이게 한다. 그 아래로 콘크리트 길을 만들고 있다. 여기저기 공사 중. 계절보다 이르게 찾아온 더위가 여름 같다. 앞서 머물렀던 유적지의 한낮 광장에서 작고 둥근 꿀벌 한 마리가 키 낮은 흰 겹매화 사이로 날개를 바삐 움직이며 비행하던 모습이 Y 앞에 잡힌다. 붕붕거리던 진동을, 가냘프면서 맹렬한 떨림을 느낀다. 바로 눈앞의 날갯짓 속에서 공간과 시간이 빙글빙글

돌아간다. R. 교복을 입은 R. 갈래머리의 땋은 매듭 사이로 삐죽삐죽 머리카락들이 성난 듯 뻗쳐 나온 까맣고 굵은 머리카락을 가졌던 R. 아래를 향해 무언가에 몰두하던 옆얼굴의 R. 수십 년간 잊고 있었던 모습이 새삼스레 아주 잠깐 현재처럼 나타난다. Y는 눈을 감았다 뜨며 눈앞의 형상을 모래 그림처럼 흩트린다. 지금, 현재…… Y는 자신에게 확인하듯 속으로 되뇐다. 지금 나는 여기에 있는가. 갑자기 자신이 없어진다. 시간의 좌표를 찍어 구분한다는 게. 지난봄에 뭘 했는지 특별히 떠오르는 게 없다. 아침에 일어나 출근하고 저녁에 퇴근하는 그런 특별할 것 없는 일상이었을 것이다. 분명 살아낸 지나간 흔적들이 몸속 어딘가에 남아 있을 터인데 감쪽같이 말간 얼굴로 시침 떼고 있었다. 선택적 저장인가, 불량감자 같은 시간의 세포는 현재로 녹아 들어와 한 몸이 된 건가, Y는 가끔 일상을 벗어나 여행하다 보면 시간이란 것에 더 민감해졌다. 낯선 공간에서 오히려 낯설지 않은 어디서 본 듯하게 연결되는 감촉들 때문에 한 번씩 혼란을 느낀다. 아니면 어느새 몇 년 혹은 십 년 후 이 차 안의 장면을 완전히 잊거나 지나간 과거의 일로 흐릿하게 떠올릴지도 모른다. Y는 종종 현재에서 과거가 될 미래의 혼재를 본다, 느낀다. Y는 주위를 둘러보며 운전하는 뒷모습의 T와 앞과 옆의 두 여자를 보며 달려가는 차 안의 현재에 있다고 확인한다. 1시 59분. Y는 좌석에 연결된 매지 않은 안전벨트를 쥔다. 시간의 낭떠러지로 떨어지는 걸 막아보려는 듯 몸의 중심을 고정하려다 만다.

물속에서 나는 어떻게 흐르나
바깥보다 물 안에서 무게를 더 느낄까
물의 걸음처럼 둔중하고 느릴까
물의 압력만큼 눌려 있을까
나의 걸음은 멈춰질까

흰 벤츠는 계단식으로 경사진 언덕들이 둘러싸인 길을 따라 오르다 너른 주차장으로 들어선다. 한 남자와 세 명의 여자가 차에서 내린다. 뒤이어 검은 자동차가 나타나더니 남자 셋이 내린다. T가 손으로 방향을 가리키며 앞장을 서고 합류한 일행이 뒤따른다. 한쪽 언덕으로는 굴착기가 누런 흙을 갉아 먹으며 꿀벌처럼 붕붕거리고 다른 한쪽은 구획되어 잘 정비되어 있다. 일행은 정갈하게 가꿔진 나무들 사이로 난 아스팔트 길을 느릿느릿 걸어간다. 작은 구름이 찍혀 있는 하늘은 맑고 푸르다. 몇 미터 앞 막사 같은 건물이 있고 그 주위로 사람들이 붐빈다. 방수포로 지어진 커다란 두 채의 개방형 가설 구조물 안에는 자주색 고무 바케쓰들이 일렬로 가득 놓여 있고 거기엔 색색의 화려한 인조 꽃들이 한 아름씩 꽂혀 있다. 꽃을 파는 사람들과 꽃 주위를 돌아다니며 구경하는 사람들로 실내는 바깥의 조용함과 달리 활기가 있다. 세 명의 여자들은 꽃을 탐색하며, 노란 꽃이 낫지 않을까 화사하게, 이런 말을 나누다 연하고 짙은 보라색 계열의 꽃묶음을 고른다. 꽃 고르기를 마친 여자들은 막사 밖에서 기다리던 남자들과 만나 다시 길을 따라 걷는다. 경사진 길을 올라간다. 자꾸만 위로 올라간다. 꽃다발을 손에 든 Y는 R을 생각한다. 어떤 말도 떠오른다. 연달아 이끌려지는 세세하게 포착된 말들은 Y의 기억이라기보다 어떤 문장에 보태진 만들어진 각본 같은 장면이라고 Y는 인식한다.

　R은 어머니한테 의존하는 게 싫다고 했다(R은 엄마라는 말을 쓰지 않았다. 어머니라는 말은 독자적 거리가 느껴진다고 했다). 머리 땋기는 생전 처음 해보는 일인데 어머니는 한 번 시범을 보이고는 R이 못한다고 제대로 따라 해보라며 타박을 한다고 했다. 머리카락을 가는 빗으로 모아 당기며 어머니는 앞집 누구는 이런 것도 혼자서 잘하고 뜨개질도 솜씨 있게 잘한다더라, 너는 손이 느려터져서는, 손뱅이야 손뱅이. 입에 검은 고무줄을 물고서도 말을 멈추지 않는 어머니의 재주는 놀랍다고 했다. 머리 땋기에 왜 다른 사람 이름이 들먹여지고 뜨개질이 대입되는지 이해할 수 없지만, R은 방에서 혼자 거울을 보며 빗으로 한가운데 가르마를 가르고 양손을 이용해 머리를 땋다가(물론 잘되지 않았어), 왜 꼭 세 가닥이어야 하지 두 가닥이면 어때, 이런 데다 노력을 기울여야 한다니, 바보 같아, R은 말했다. R은 두 가닥이거나 세 가닥이 섞인 매듭 머리를 하고 다녔다. 다른 학교처럼 단발머리면 좋겠어. 한 번 빗기만 하면 되잖아. 학기 말이 되어도 R의 머리는, 풀린 듯 어설픈 매듭 안에 포섭되지 않은 머리카락 몇 개가 성난 듯 튀어나와 있었다.

나는 여인의 귀에 매달린 커다란 원형 실버 귀고리를 만진다
여인이 흑발의 길게 땋은 머리를 빙글빙글 틀어 올린다

흰 여객선에서 사람들이 내린다. 손님을 태운 흰 배는 물 위에
떠 있는 흰색 딱정벌레 같다. 조용한 섬의 소박한 항구는 배에서
쏟아져 나온 여행객들로 일순 활기가 생긴다. 색색의 모자와 선글
라스, 배낭들이 모여 있다 흩어진다. 서너 명씩 짝을 이룬 무리들
이 평지에서 완만한 언덕길로 올라간다. 길가의 수풀 사이로 점점
이 주황빛이 선명하다. 초록 풀 위로 주황색 꽃들이 제 존재를 드
러내며 바닷바람에 살랑인다. 카메라 앵글을 아래로 낮추어 살짝
비틀면 흰 반바지를 입은 싱싱한 걸음의 다리들 사이로 풀과 꽃이
잘렸다 나타나고, 가려졌다 보인다. 초록과 주황빛과 흰색이 대비
되는 투명한 공기 속으로 희미하게 바람이 분다, 저만치, 아니 바
로 눈앞의 풍경 속으로.

*

참나리의 주홍빛 꽃잎이 디지털 영상처럼 스피디하게 벌어진다

Y는 처음 가보는 낯선 마을로 들어선다. 평소에 차를 타고 가면서도 마을 입구의 표석만 읽었지 이곳으로 들어선 적은 없었다. 내동. 안으로 깊숙이 있어 내동인가. 마을회관 앞에 차를 두고 두 갈래 길에서 어디로 갈지 망설인다. 입구에 고목이 버티고 있는 오르막 경사길과 회관을 돌아 C 자로 구부러진 길 중에서 보이지 않아 끝을 짐작할 수 없는 길을 선택한다. 회관 건물을 돌아 천천히 걸어 올라가니 공터에 차 몇 대가 주차되어 있고 집이 두어 채 띄엄띄엄 있다. 놀랍게도 두 개의 산이 갈라져 나온 곳에서 초록색 파도가 물결치며 Y 앞으로 흐른다. 펼쳐진다. 초록빛 벼가 덜 여문 이삭을 달고서 일렁인다. 그 초록 위에 빛이 머물면서 반짝인다. 사람과 차들로 복잡한 도심 가까이에 이런 비밀스러운 데가 있다니! Y는 논을 끼고서 숲으로 올라가는 소로를 조심조심 올라간다. 한적하고 은밀한 이곳의 고요를 깨지 않으려고 Y는 나직하게 발걸음을 옮긴다. 계단식 논 위로 나대지 같은 부추밭이 있고 그 둘레에 벌집 모양의 초록색 철망이 쳐져 있다. 부추가 심겨 있는 둔덕 주위로 잡풀들이 무성하다. 철망 안 풀들 사이로 주황색 꽃 두 송이가 가볍게 흔들린다. Y의 시선은 시간을 건너뛰어 훌쩍 다른 주황색 꽃을 본다. 흰 반바지의 싱싱한 걸음들 사이로 드러나던 초록과 주황의 대비. 흰 반바지를 입은 싱싱한 걸음의 다리들 사이로 풀과 꽃이 잘렸다 나타나고, 가려졌다 보이던 이십여 년 전의 섬마을 풍경과 현재 이 순간이 연결된다. 지금 초록색 철망 안의 주황빛 꽃은 오각형의 형태로 갇혀 있다. 가두다, 망, 그

물, 멈출 수밖에 없는 것, 스스로 가기를 멈추는 것, 철망과 절망의 속성은 닮았다. 절망에도 색이 있다면 초록색이지 않을까. 시간은 흘러간 게 아니라 어딘가에 스며 있다 불쑥 나타난다. 시간은 사라지는 게 아니다.

*

나는 지금 벽걸이 달력 속에 멈춰 있다 큰 글씨의 숫자 아래 따로 작게 표시되어 있는 숫자를 본다 달의 운행 주기를 품고 있는 숫자들 태양 주기는 밖으로 드러나 있지만 달의 변화는 작게 숨어 있다 12간지의 동물 그림과 상형문자를 본다 오늘을 나타내는 칸에는 토끼가 있다 바로 옆 칸에는 다른 동물이 있다 달력 한 장에 지나간 것과 숫자의 그물로 고정된 오늘과 다가올 것들이 함께 숨쉬고 있다 오래전에 존재했던 것들의 박제된 숨결이 느껴진다 우주 만물의 다섯 가지 요소인 물 나무 불 흙 쇠 거기서 고유의 기질이 비롯되었다고 하는 나는 아주 오래전 거대한 폭발을 거쳐 초미세 자아로 태어났다고 한다 (나도 나의 탄생 배경을 확신할 수는 없다) 보이지 않아도 마음만 먹으면 언제든 형상을 바꾸고 공기처럼 스며들 수 있다 오늘은 열두 마리의 동물 중에서 토끼로 변신해 있다 초대하지 않아도 나는 지금 불시에 불의 옷을 입고서 어떤 남자의 방문을 노크한다 인간이 이름 붙여 고정해 놓은 내일 혹은 모레나 글피엔 흙에 갇힌 나무가 되어 황량한 벌판에 잠깐 서 있을지도 모르겠다 귀 없는 수탉에게도 머물고 날아가는 새들에게도 깃들인다 새들의 날개에 속하면 동시에 나도 더 빨리 흐르는 것도 같다 나는 꽃잎이 벌어지는 순간순간에 접혀 있거나 여인의 링 귀고리를 만지거나 무덤 앞 조화에 고여 있거나 동굴 안 메아리에 종유석처럼 매달려 있거나 달리는 자동차 안에서 휴식을 취하기도 한다 나는 흐르기도 하고 멈추기도 한다

오르막길에는 빗물이 잘 흘러내리도록 좌우에 콘크리트 수로가 놓여 있다. 더 오를 데가 없는 정상에서 보면 정갈하게 심어진 나무들은 검초록을 띠고 있지만 더러 갈색의 빈 가지만 삐죽 솟아 있거나 그 아래 네모반듯하게 만들어진 묘석들 위로 황금색 잔디가 덮여 있다. 막힌 데 없이 탁 트여 있는 이 구역은 개인의 묘역들이 크고 화려해 고급스럽다. Y와 일행은 T가 안내하는 묘석 앞으로 간다. 특이하게도 무덤 뒤편에 망자가 마치 살아서 거처하는 이승의 집처럼 도리아식 기둥 형태의 낮은 지붕과 여러 개의 검은 유리창을 가진 구조물이 서 있다. 대리석과 화강암으로 잘 꾸민 현대식 묘지는 공원의 기념물 같다. 무덤 주인임을 알리는 고인의 얼굴이 검은 편암 위에 동판으로 사진을 인화한 듯 표정이 살아 원래 그 자리에 있었던 것처럼 있다. 일행은 보랏빛 꽃다발을 석상 제단 앞에 두고 고개를 수그려 예를 표한다. 동판화로 표현된 R의 웃을 듯 말 듯 한 얼굴 한쪽으로 몇 가닥의 머리카락이 바람에 날리듯한 순간의 장면으로 포착되어 있다. 절벽같이 높은

데서 수평선이 보이는 바다를 내려다보는 배경 속 R. 인생은 변한다, 아니 변하지 않는다, 달라져 있으나 달라지지 않은 흔적이 남아 있다. R의 시선은 제단 앞 무덤 밖에 있지 않고 멀리 수평선 너머를 보고 있다. 어쩌면 이 시선이 생을 지나온 자의 핵심 같아 보인다.

R의 결혼 소식을 간접적으로 들었을 때 너무 이른 결혼인 것 같아 Y는 의외라고 생각했다. T와의 결혼도 뜻밖이었다.

일행 중 두 여자는 T의 아내였던 R과 초등학교 동창이지만 모임에서 한 번도 본 적은 없다. Y도 여고 시절의 R만 알 뿐이지 그 뒤의 삶이나 변화 같은 건 알지 못했다. R과 T의 결합물인 성장한 아들이 있다는 건 안다.

일행은 무덤 주위의 풍광을 다시 한번 돌아본다. 여기 참 좋네, 명당이야. 각기의 사연을 담은 수많은 직사각형 무덤들이 황금 잔디를 입고서 나란히 일정한 간격으로 누워 있다. Y는 저 아래 연못 주위로 핀 개나리 군락이 유난히 노랗게 선명하다고 느낀다. T는 새롭게 단장한 공원 묘원으로 이장한 뒤에 어릴 때부터 만나오던 동창 몇 명을 이 여행으로 초대한 것이다. 오랫동안 소식이 끊어졌다 몇 년 전 간간이 만남이 이어졌다. 삼 년 전 R의 부고 소식을 들었을 때도 R에 대해서 크게 생각하지 않았다. 이른 죽음이지만 삶의 수순이라고 Y는 생각했다.

*

낮은 건물과 단층 주택들이 있는 사거리 길가를 따라 수양버드나무들이 서 있다 버드나무 잎줄기가 땅에 닿을 듯 휘늘어져 있다 길게 풀어헤친 연초록빛 머리는 바람이 불면 긴 머리카락을 휘날리며 낭창낭창 춤을 춘다 나무 아래 보도블록 위엔 누에 닮은 통통한 초록빛 애벌레가 꿈틀거리거나 몸체가 밟혀서 초록 피를 쏟아내고는 짓뭉개져 있다 벌레는 버들잎을 닮아 버들잎 색을 띤다 버드나무 아래로 얼굴에 시커멓게 검정 칠을 한 열두 명의 남자가 검은 고무보트를 양팔로 들어 올리고서 일정하게 구령을 붙이며 지나가고 있다 우에서 좌로 금방 물에서 나온 듯 온통 젖은 물기로 번득이는 검은 물체가 되어 검은 보트와 한 몸처럼 가고 있다 그들이 내는 소리가 듣기에 따라 하낫 둘 하낫둘 혹은 엇둘 엇둘 혹은 구음 같은 소리와 섞여서 합창단의 묘한 화성부의 울림을 준다 멀리 버드나무 아래로 함성을 지르며 일사불란하게 뛰어가는 그들은 누굴까 어린아이 하나가 궁금해하면서 바라본다

어느 여름 R은 땀을 뻘뻘 흘리며 Y의 집에 찾아갔다. 버스 정류장에서 내려 높은 첨탑에 꽂힌 십자가를 보며 한참 걸었다. 처음 가보는 친구의 집은 멀었다. 학기 초 수업 중에 R이 코피를 쏟자 짝이었던 Y가 놀라며 가방에서 곱게 접힌 손수건을 꺼내 망설임 없이 피를 묻혔다. 흰 바탕에 붉은색이 선명하게 얼룩으로 물든

것을 보며, 자기 때문에 오염되었다는 미안함에 R은 감동했고 친구로 여기리라 마음먹었다. R은 사자머리 손잡이가 달린 나무 대문 앞에서 머뭇거리다 초인종을 눌렀다. 딸칵, 소리와 함께 자동으로 문이 열리고 R은 문 안으로 들어선다. 몇 개의 디딤돌이 이어진 발코니 난간 아래 하얀 수련이 피어 있었다. 연못 한가운데 분수에서 나오는 물방울들이 수련 잎사귀에 맺혀 있었다. 시간을 품고 정지한 듯한 풍경 안으로 흰 원피스를 입은 친구가 나오며 R을 보고 의아해했다. 뜬금없이 웬일이니, 하는 놀람과 난감해하는 빛이 드러났다. R은 손수건으로 땀을 닦으며 낭패감을 느낀다. 친구는 막 나들이를 나가려는 참이었다. R은 일단 들어오라는 Y한테 이끌려 현관 안으로 들어서서, 어색한 태도로 그러나 공손하게 거실에 있던 친구의 식구들에게 인사한다. 벽돌색 체크 남방의 아버지와 젊고 세련된 외삼촌을 소개하며 해변으로 피크닉을 가려한다고 친구는 말했다. 피크닉이라는 말이 금박 입힌 접시의 테두리에서 빛이 튕겨 나오듯 튀었다. R이 왔다고 해서 친구는 한낮의 소풍을 포기할 생각은 없어 보였다. 친구가 수영복을 입은 몸매를 드러내며 눈길을 받고 싶은 거라고 R은 나중에 짐작을 했다. R은 친구의 어머니가 안타까워하며 주는 물 한 잔을 얻어 마셨다. R은 들어서자마자 집에서 나와야 했다. 대문 앞에서 챙이 달린 피크닉 모자를 쓰고서 해변으로 향하던 친구와 친구의 가족과 헤어져 돌아섰다. 학교에서 보자, 하며 손을 흔들고는 갈래머리를 성숙하게 풀어헤친 Y가 뒷모습을 보이며 멀어졌다. 타이밍이 맞지 않았다.

188

차라리 조금 더 늦게 와 아무도 없는 빈집의 초인종을 눌렀더라면, 기대감 없이 돌아서며 어쩜 처음 가보는 그 동네의 바다로 가는 길을 찾아갔을지도 모른다. R은 검지 손톱의 끝을 물어뜯으며 방학 때 언제든 놀러 오라고 했던 친구의 말을 떠올리며, 미리 알리지 않고 찾아간 자신을 탓하면서도 자기라면 어떨까 생각해 봤다. 자기라면 멀리서 오로지 한 친구를 보기 위해 찾아온다면 R은 단연코 소풍을 포기하고 친구를 맞아들여 쓸쓸하게 돌려보내지는 않을 것이다. R은 자기만 Y를 보고 싶어 했다는 생각이 들었다. 이대로 집으로 돌아가고 싶지 않았다. R은 바다로 가는 길을 포기하고 Y 집 근처 산으로 가는 길로 들어섰다. 얼마 가지 않아 길 따라 흰 철책이 쳐져 있고 그 안으로 한 채의 별장이 있었다. 보이지는 않지만 덩치 큰 개의 컹컹 짖는 소리가 들려왔다. R은 발에 밟히는 망초와 풀들을 헤치면서 낯선 길을 올라갔다.

*

산책로에서 벗어나 길을 헤매다
사람들이 다니지 않는 경사로를 따라 내려가다
더러 발이 미끄러지기도 한다
덤불을 헤치고 난데없이 드러나는
피보다 진한 붉은 꽃의 섬뜩함

석상 앞에 꽂힌 검붉은 조화

나무들이 둥그렇게 감싸인 은밀한 곳

무덤 하나 고요히 머무는

   R이 물을 마시며 본 Y의 거실 벽 액자 속 글씨가 '가화만사성(家和萬事成)'이었다. Y의 평범함의 일부가 거기서 나오는 것 같았다. R은 늘 아침에 눈뜰 때마다 부모한테 저항하느라 에너지를 쏟았다. 일부러 눈을 감은 채 이불에서 빠져나오지 않을 때도 있는데, 강요받는 게 싫어 외면하고 일어나지 않았다. 너는 일부러 매를 버는구나, 꼭 매 맞을 짓을 골라서 해라는 말을 들었지만 R은 부모와 타협하지 않았다. 내가 하기 싫은 거만 하라고 억압했는데, 그럴수록 더 하기 싫었어. 일요일인데도 매주 똑같이 6시에 일어나라는 어머니의 성화. 휴일이라 10분 더 봐줬다는 아버지의 으름장. 당연히 나는 그 시간에 나를 맞추지 못했어. R은 자정이 넘어서야 잠들었기에 잠의 늪에 빠진 무거운 몸을 일으킬 수 없었다. 몇 개의 꿈을 연이어 꾸던 R은 혼몽 중에 어머니의 이불을 확 걷어 젖히는 동작과 동시에 뺨을 맞았다. R을 규제의 대상으로만 보는 R의 부모는 아버지가 북을 치면 어머니가 장구를 치며 거들거나 모른 척했다. 왜 내 아버지는 시계추처럼 나를 자신의 시간, 자신의 규칙에 맞춰 살도록 통제하는 데 일생을 거는 거 같을까, 왕처럼 지배할까, 왜 행동만 보고 마음을 들여다보려고 하는 사람은 아무도 없는 거야. R은 부모와 선생님들처럼 어른들을 이해

할 수 없었다. 그들은 자신의 경험을 지나치게 신뢰하여 관습적으로 자식이나 학생들에게 옳다고, 하라고 강요하는지 이해할 수 없었다. 질서에 편입된 그들의 굳어진 사고를 오히려 어린 내가 이해해야 해? 남에게 피해를 주지 않는다면 나는 자율적으로 내 리듬에 맞춰 시간을 사용하리라, 남이 나를 함부로 사용하지 못하게 할 거야. 내가 원하지 않는 것은 거부하며 살리라 R은 마음먹었다. 쟤 고집은 아무도 못 말려. 도대체 누굴 닮아 저리 쇠고집일까. Y가 뭔가에 감동하거나 찬탄의 눈길을 보내면 R은 툭툭 Y의 어깨를 치거나 심드렁한 어조로 Y의 말끝에 후렴처럼 붙이곤 했다. 세상에 경탄할 만한 것이 얼마나 된다고, 외피를 보지 마.

*

나는 달리는 차 안 어느 순간의 갈피로 스민다 우연히 버스를 타게 된다 버스는 멈췄다 흐르고 흐르고 멈추기를 반복한다 안에는 적당히 승객들이 있고 앉을 자리는 없다 한 좌석을 중심으로 Y와 R은 서 있다 Y나 R이 아니어도 되고 아닐 수도 있다 창밖으로 길도 달린다 흐른다 R은 앞쪽 운전석을 보고 있던 시선을 돌려 문득 아래쪽 의자 등받이의 손잡이를 쥐고 있는 Y의 손을 본다 Y의 손등에 늙은이의 짙은 갈색 반점들이 덮이고 쭈글쭈글 주름이 잡혀 있다 아니 Y의 손이 노파야 늙어버렸어 R은 아래로 향한 시선을 화들짝 위로 올린다 놀랍게도 Y가 아닌 할머니가 있다 나는 순간 망각하고 흐름을 뒤집어 흩트려 추레하고 병든 늙은 여자의 얼굴로 있다 R은 순간적으로 관통당한 나의 민낯을 본다 마치 번갯불에 어둠 속 형상이 드러나듯 R은 너무 놀라 한 호흡을 멈췄다 내쉰다 R은 자신의 머지않은 미래의 모습을 보았다 나의 부주의로 노출시킨 소녀 안에 틈입한 동시에 존재하는 늙은 여인네를 R은 시간의 입구에 잡아먹히고 싶지 않았으며 공포스러움에 순간 움찔하며 발 하나를 뒤로 뺀다 Y는 R을 의아하게 바라본다 나는 창틈으로 흘러간다 흐른다

R은 조용한 아이였다. 한 번씩 수업 중에 볼이 붉어져 손으로 입을 가리는 듯한 특유의 태도를 취하며 냉소적인 웃음소리를 내 선생님을 당황하게 하는 것 외에는. Y에게 R은 공중목욕탕에서의 일도 얘기했다. 몸을 씻으려고 서서 물을 끼얹는데, 난데없이 아주머니가 나타나서 물 튀긴다고 큰 소리로 야단을 쳤다고 했다. 앉아서 얌전히 물을 끼얹어! 물이 튈 거리도 아니었고 그 말이 부당했다. R은 들어줄 생각이 없었기에 들은 척도 하지 않고 바가지로 물을 떠 서서 머리부터 여러 차례 물을 덮어썼다고 했다. 못돼처먹은 년. 아주머니는 눈을 부라리며 욕을 했지만 그럴수록 요지부동인 R을 어쩔 수는 없었다. R은 그렇게 마구 남에게 어리다는 이유로 만만하게 보고 명령식으로 강제하는지 이해할 수 없다고 했다.

어느 가을 햇살이 강한 날의 운동장이다. 학생들은 흰 바지와

자줏빛 상의 체육복을 입고 체육교사의 구령에 맞춰 운동장에 그어진 흰 줄을 따라 돈다. 한편에선 구호 훈련 실습을 한다. 적십자 마크가 찍힌 흰 구급백을 메고 줄을 맞춰 익힌 순서대로 구급법을 실시한다. Y는 실수하지 않으려고 할수록 손이 서툴러 압박붕대를 상대 환자의 팔에 감다 놓치기도 하고 삐뚤삐뚤하게 붕대를 감는다. 햇빛이 스탠드 계단에 앉아 있는 R의 머리로 따갑게 쏟아진다. 해를 피하지도 않고서 R은 고개를 들지 않고 자신의 무릎 쪽을 뚫어지게 본다(체육 교사는 양호실에 있지 않는 한 훈련에 참여하지 않더라도 꼭 참관하게 했다). R은 고개를 잘 들지 않다 한 번씩 멍한 눈으로 운동장의 훈련을 보는 듯하나 실은 보지 않는 그런 눈으로 운동장 쪽으로 눈길을 던졌다. R은 생리통이 심했거나, 다른 이유로 체육 시간에 빠져 있었다. 자주 빠졌다. 체육복을 입고 마지못해 운동장에 나올 때는 영혼 없이 나왔다. 실기훈련을 일찍 끝낸 아이들 몇이 R 주위로 갔다. 뭘 그리 열심히 보니. 제목이 뭐야. R은 고개를 들어 아이들을 향해 읽던 책을 들어 표지를 보여주었다. 싯달타. 주위에 있는 아이들 모두 재수 없어 하거나, 자기와는 너무 먼 관심사라는 듯 외면하고 싶어 했다. 싯달타가 뭐냐고 묻는 아이도 있었다. 한 아이의 선동질에 스스로의 무식을 가리려는 듯 아이들은 가까이에서 R이 들으라는 듯 유치한 비유를 하며 조롱했다. 조롱하고 싶어 했다. 그편이 우세해서 힘을 얻은 웃음소리가 와르르 쏟아졌다. Y도 R이 어떤 책을 볼까 궁금했다가, 그 웃음들 무리에 섞이고 말았다. Y는 나중에 시간이 흘러 그 장면을 생각하면 부끄러워졌다. 조롱하며 야유하는 다수의 오합지졸 속에 끼어 R을 비웃었다. 혼자서도 훼손되지 않았던 R은 책을 덮고는 일어서서 스탠드의 계단을 올라갔다.

*

거대한 구름의 그림자 장막 아래 어둡고 짙은 초록의 산골짜기 사이로 난 C 자형 아스팔트 도로 위를 자줏빛 자동차가 달려 나오고 있다

R의 부모가 갑자기 교통사고로 즉사하고 하루아침에 고아가 되자 R은 자신의 방식을 수정한다. 통제자의 돌연한 부재는 R에게 허무와 죄책감을 남긴다. 살아서 맞선다는 것의 무의미함, R은 까칠한 저항의 닻을 돌연히 내린다. 철학과 2학년이었던 R은 학업을 중도에 포기하고 졸업을 하지 않았다.

T는 R의 석상 주위를 돌며 먼지를 쓸어내고 꽃다발이 놓이는 자리를 고치고는 무덤을 향해 속삭이듯 말을 건넨다. 일행은 떠날 채비를 한다. 언덕을 내려오면서 T는 아직도 R의 영향권에서 산다며 망자가 산 자를 이긴다고 농담처럼 말한다. 어쩌다 숙취 중에 일어나 불 켜진 작은 방 책상 앞에 앉아 있는 R의 모습을 보곤했는데, 두꺼운 책들을 옆에 두고서 노트에 빽빽이 뭔가를 기록하곤 했는데, 방해하면 안 될 거 같은 분위기였어. 유품 정리할 때

보니 하나도 보이지 않더군. 꽤 될 텐데…… 다 없애버렸나 봐. T의 말에 R이 살아 움직인다. 지극히 R답다고 Y는 생각한다. 돌아나가는 차 안에서 운전대를 잡은 T는 말한다. 공장도 하나만 남겨두고 정리했어. 그동안 너무 성공에 취해 일만 했던 것 같아. R이 많이 외로웠을 거야. 세심하게 챙기지 못한 게 걸려. 아니, 지금 네 말을 듣는다면 R은 이렇게 말할 거야. 나를 위해 뭘 하려고 하지 마. 제발 가만히 내버려둬! Y의 말에 T는 기침이 터지듯 웃었다가 사이를 두고 말한다. 이제 나를 돌아보려고. 아무래도 이승보다 저승의 힘이 센 거 같아. T의 기가 한풀 꺾였다. 아니, 삶이 힘이 더 세, Y는 속으로 말한다.

*

　　푸른 작업복을 입은 대여섯 명의 매장꾼들이 봉분의 흙을 쌓아 올리며 마무리를 하고 있다 묘역과 묘역의 경계를 가르는 철책 너머 고갯길로 웃통을 벗은 반바지의 소년 마라토너들이 하나둘씩 지나간다 무리지어 달려간다 앳되고 탄탄하게 여문 근육의 어린 소년들은 지친 기색도 보이지 않는다 소년들은 죽은 자들의 사잇길을 따라 순수한 표정으로 하나둘씩 내려오고 있다

퇴근길. 수많은 차들이 Y의 차 주위를 가로막고 있다. Y는 옴짝

달싹하지 못하게 포위되어 있다. 12차선의 도로 위에는 장난감 같은 자동차들이 빽빽하게 놓여 있다. 6:14. 오른쪽 강 옆으로 하늘이 주홍빛으로 물들고 있다. 신호등이 바뀌고 몇 대의 차가 빠져나가고는 몇 미터 움직이다 다시 신호등에 걸린다. 멈춘다. Y는 흰 실선 밖 갓길을 보며 출근길에 봤던 흰 고양이를 생각한다. 멈췄던 차들이 움직인다. Y는 빨리 혼잡한 이 구간을 벗어나려 운전대에 힘을 모은다. 차들의 흐름에 맞춰 리듬을 탄다. 사장이 예민함을 감추고 아닌 듯 무심하게 신문에 들어갈 광고를 위한 컨택은 해봤는지 물었다. 작은 광고라도 실적이 있어야지 글만 써서는 안 된다고 흘리듯 말했다. 결코 흘려들을 수 없는 말을, 흘려지지 않는 말을 분산시키려고 Y는 라디오의 볼륨을 높인다. 직장에서의 시간은 둥글지 않다, 각이 지고 분절되어 있다, 약속에 쫓기고, 마감에 쫓긴다. FM에서 남자 아나운서의 멘트 뒤에 몽골 가수의 노래가 흘러나온다. 특이한 음색과 발성이 노을 지는 시간과 어울린다. TV에서 본 다큐 영상이 떠오른다. 평원에서 말을 타고 염소 떼를 이끄는 몽골 유목민이 무구하게 웃으며 하던 말. 우리는 해만 보고 사니까 시계가 필요 없어요. Y는 피로한 눈을 감는다. 불쑥 Y 앞에 찰나의 영상이 스르륵 나타난다. 거친 흰 머리의 젊은 남자가 무언가에 방해받은 듯 어리둥절한 표정으로 상체를 일으켜, 의외지만 방으로 들어오는 누군가를 보고 알겠다는 시선을 던진다. 이 장면은 뭔가. 낯선 남자는 마치 Y를 아는 것처럼 눈길을 보내지 않는가, 이해할 수 없다. 백화점 옆에서 차의 흐름이 잠시 멈춘다. Y는 출

196

근길에 보았던 인도의 그 지점을 본다. 앨리스의 토끼는 없다.

한 남자가 횡단보도 위를 다급하게 뛰어간다. 초록색 화살표의 칸이 하나둘 깜박이다 빨간 불로 바뀐다. Y는 앞으로 나아간다. Y는 지금 차 안에 그대로 있는데, 찰나의 알 수 없는 영상을 보기도 했는데, 어느 순간 스르륵 몇 년 전의 그 회색빛 흐릿한 도로를 가고 있는데, 가고 있다고 느끼는데, 비루한 흰 고양이의 긴장을 접촉하던 차 안에 그대로 앉아 있는 것 같은데, 그때와 현재 사이 한 치의 틈도 없는 그 시간의 밀착감이 피부에 생생히 닿는데, 지금 이 순간과 저 순간을 동시에 살고 있는 것 같은데,

*

동굴 안으로 들어간 여자는 뜻밖의 다른 출구를 발견한다 통과한다 동굴 바깥에는 무한한 미지의 푸른 빛이 기다리고 있었다 여자는 이제 시간인 나를 거슬러 해안가로 이어진 돌들을 딛고 바다로 간다 수평선을 바라본다 하늘과 바다의 경계가 지워진 한 세계가 펼쳐진다

나는 여자를 초대한다
흰 도자기에 붉은 토끼를 담아 내놓는다

작품 발표 지면

「검은 붓꽃」《이 계절의 좋은 소설》(2018) 봄, 『2018 제10회 현진건문학상 작품집』

「홍천」《작가와 사회》(2019) 봄

「보이거나 보이지 않거나」《The 좋은 소설》(2021) 봄

「밤의 망루」《소설21세기》(2022) 여름

「소리와 흐름: 록의 부치지 못한 노래」《사람의 문학》(2022) 여름

「옛날에 농담이 있었어」《문학나무》(2023) 봄

「멈춘다 흐른다」《문학저널》(2023) 봄

밤의 망루

1판 1쇄 발행 2023년 6월 15일

지은이 | 배이유
펴낸이 | 조영남
펴낸곳 | 알렙

출판등록 | 2009년 11월 19일 제313-2010-132호
주소 | 경기도 고양시 일산서구 중앙로 1455 대우시티프라자 715호
전자우편 | alephbook@naver.com
전화 | 031-913-2018
팩스 | 031-913-2019

ISBN 979-11-89333-61-4 03810

본 사업은 2023년 부산광역시, 부산문화재단 〈부산문화예술지원사업〉으로 지원을 받았습니다.